东　西／主编

广西当代作家丛书（第五辑）

■ 黄　鹏　著

顺水乘风

广西人民出版社

图书在版编目（CIP）数据

顺水乘风 / 黄鹏著 . -- 南宁：广西人民出版社，2024. 12.
（广西当代作家丛书 / 东西主编）. -- ISBN 978-7-219-11844-3

Ⅰ . I227

中国国家版本馆 CIP 数据核字第 2024JC5614 号

GUANGXI DANGDAI ZUOJIA CONGSHU（DI-WU JI） SHUNSHUI CHENGFENG

广西当代作家丛书（第五辑） 顺水乘风

东 西 主编

黄 鹏 著

统　　筹　覃萃萍

责任编辑　庞　睿

责任校对　周月华

封面设计　翁襄媛

出版发行　广西人民出版社

社　　址　广西南宁市桂春路 6 号

邮　　编　530021

印　　刷　广西民族印刷包装集团有限公司

开　　本　787mm×1092mm　1 / 16

印　　张　20.25

字　　数　219 千字

版　　次　2024 年 12 月　第 1 版

印　　次　2024 年 12 月　第 1 次印刷

书　　号　ISBN 978-7-219-11844-3

定　　价　45.00 元

总　序

　　从 2012 年党的十八大召开到 2022 年党的二十大召开，这段历史，在党的二十大报告中，被称为"新时代十年的伟大变革"。这十年，以习近平同志为核心的党中央团结带领全党全国各族人民，迎来中国共产党成立一百周年，中国特色社会主义进入新时代，完成脱贫攻坚、全面建成小康社会的历史任务，实现第一个百年奋斗目标。历史性的胜利，彪炳史册。

　　这十年，也是中国文学界牢记习近平总书记嘱托，坚持以人民为中心的创作导向，从"高原"持续向"高峰"攀登的十年，是"文学桂军"锐意进取，不断夯实基础、壮大实力、提升影响的十年。

　　2001 年至 2012 年，广西作家协会在自治区党委宣传部的大力支持下，精心组织，陆续编辑出版了"广西当代作家丛书"一至四辑共 80 卷本，80 位有成就、有影响的广西当代作家入选该丛书，成为中华人民共和国成立以来广西文学界规模最大的文化积累工程，备受国内文坛瞩目。可谓功在当代，利在千秋。

　　从 2012 年至今，刚好十年过去。"文学桂军"在小说、报告文学、诗歌、散文、儿童文学等体裁创作上，又涌现出一批具有全国影响力的代表性作家，少数民族作家队伍的创作实力在全国处于领先地位。国运昌盛，文运必兴。编辑出版"广西当代作家丛书（第五辑）"，推出新一代广西作家，成为文学界共同的期待。

十年来，得益于自治区党委、政府的关心支持，得益于自治区党委宣传部的正确领导和大力扶持，"文学桂军"呈现良好生态和健康发展势头，一批作家频频在全国重要文学刊物亮相，一批有分量的作品在全国各知名出版社出版。陶丽群获第十一届全国少数民族文学创作骏马奖，红日、李约热、莫景春获第十二届全国少数民族文学创作骏马奖，朱山坡、李约热分别获第七、第八届鲁迅文学奖提名，东西的长篇小说进入第十届茅盾文学奖前20名。十年来，据不完全统计，广西作家出版长篇小说、中短篇小说、散文、诗歌、儿童文学、报告文学等专集选集共600多部。一批作品获广西文艺创作铜鼓奖，《人民文学》《小说选刊》《民族文学》等刊物年度优秀作品奖，以及《小说月报》百花奖、花城文学奖杰出作家奖、郁达夫小说奖、茅盾新人奖、《雨花》文学奖、华语青年作家奖、《钟山》文学奖、《儿童文学》金近奖、"小十月文学奖"佳作奖、华文青年诗歌奖、三毛散文奖、冰心散文奖等，入选各类文学排行榜。"文学桂军"已然成为家喻户晓、有全国影响力的响亮品牌。

为进一步繁荣广西文学事业，全面展示党的十八大以来广西文学创作的丰硕成果及新时代广西作家的精神风貌，广西作家协会决定组织出版"广西当代作家丛书（第五辑）"。

该丛书的入选作者须具备三个条件：一是作者须为广西作家协会会员，中国作家协会会员优先；二是近年来创作成绩突出，曾经获得全国性文学奖或自治区级文学奖；三是个人创作成绩显著，作品在全国重要刊物发表。在广泛征求意见基础上，经各团体会员推荐、广西作家协会主席团会议酝酿讨论，实行无记名投票推选，共评出入选作家20名。田耳、田湘、王勇英等作家，由于作品版权原因，遗憾无法纳入本次选编。一批作家近十年创作成果丰硕，由于已经入选前四辑丛书，本次不再选入。

2021年12月14日，习近平总书记在中国文联十一大、中国作协十大开幕式上的讲话指出："文化兴则国家兴，文化强则民族强。当代中国，江山壮丽，人民豪迈，前程远大。时代为我国文艺繁荣发展提供了前所未有的广阔舞台。"2014年10月15日，习近平总书记在文艺工作座谈会上的讲话指出："'文章合为时而著，歌诗合为事而作。'衡量一个时代的文艺成就最终要看作品。推动文艺繁荣发展，最根本的是要创作生产出无愧于我们这个伟大民族、伟大时代的优秀作品。没有优秀作品，其他事情搞得再热闹、再花哨，那也只是表面文章，是不能真正深入人民精神世界的，是不能触及人的灵魂、引起人民思想共鸣的。"习近平总书记关于文艺工作的重要论述，已经成为广大文艺家的自觉遵循，内化于心，外化于行。收入本辑丛书的作品，内容丰富、题材广泛、风格多样，在记录伟大时代、反映现实生活、讴歌人民创造等方面，用心、用情、用力，很好地体现了以人民为中心的创作导向，集中展示了祖国南疆新时代蓬勃多姿的文学景象。

习近平总书记在党的二十大报告中指出："推进文化自信自强，铸就社会主义文化新辉煌。全面建设社会主义现代化国家，必须坚持中国特色社会主义文化发展道路，增强文化自信。""坚持以人民为中心的创作导向，推出更多增强人民精神力量的优秀作品，培育造就大批德艺双馨的文学艺术家和规模宏大的文化文艺人才队伍。"这为新时代新征程的文化建设和文艺创作指出了正确方向，提供了根本遵循。

当前，全党全国各族人民正在深入学习宣传贯彻党的二十大精神，满怀信心向第二个百年奋斗目标迈进。编辑出版"广西当代作家丛书（第五辑）"，可谓正当其时，也是贯彻落实《中共中央关于繁荣发展社会主义文艺的意见》和《中共广西壮族自治区委员会关于繁荣发展社会主义文艺的实施意见》，用文学助力建设新时代壮美广西的最新成果。

伟大时代必将激励伟大的作家和孕育伟大的作品。希望广西的作家和文学工作者，坚定文化自信，做到文化自强，坚守艺术理想，追求德艺双馨，不断增强脚力、眼力、脑力、笔力，以刚健、厚重、先进、质朴的创造抵达伟大时代的艺术高度。诚如中国文学艺术界联合会主席、中国作家协会主席铁凝所寄语的那样：广西文脉深厚、绵长，在新时代新征程上，相信广西作家能以耀眼的才华编织崭新"百鸟衣"，描绘气象万千的"美丽的南方"。这是时代赋予我们的责任，唯有俯下身子，深入到火热生活中去，深入到人民中去，不断学习，不断攀登，以作品立身，以美德铸魂，方能不负时代，不负人民。

是为序。

石才夫

2022年10月31日

CONTENTS _____ 目 录

顺水流深／

003　壮美花山

007　穿过花山

012　花山记

021　岩画诗

023　花山曲

024　水色新

026　花山的香味

028　岩画辞

038　再拜花山

040　花　山

042　仰　望

044　深　刻

047　六月荔枝红又甜

乘风飞响／

051 通江达海的新传说（组诗）

057 祖国音符，时代歌唱

062 富川行记（组诗）

066 红旗招展娄山关

069 黄姚三题

072 湘江笔记（组诗）

078 贵州行记（组诗）

084 民族大道的阳光

087 秋天到德峨采风（组诗）

092 苍山上的云如影随形

094 又到贵港

097 上林行记（组诗）

102 防城港捡珠（组诗）

106 在棉花的柔软里沉静（组诗）

110 永州拾意（组诗）

116 柳州印象（组诗）

121 云在山腰之上（组诗）

126 山水相随（组诗）

132 写意圣堂山（组诗）

柔水轻风／

143　鲜花覆盖冬季

144　等待一块冰来熨平秋天的皱褶

146　绿叶被秋风吹皱

147　在云上种一首诗

149　羊在湖上漫步

150　云在天空洗澡

151　过玻璃桥

152　南方的雪

153　冬至书

155　风　铃

157　琴声唤月

159　十月果语（组诗）

163　河流穿过家乡的炊烟

165　回一趟老家

166　红薯地

168　水　库

170　看见荷花

172　千瓣莲

173　荷言荷意（组诗）

181　晒太阳的鱼（组诗）

189　小村无雪

191　民族大道的七夕

193　口琴忆

195 一朵白云降生人间

196 端午辞（二首）

199 鲜花指引春天的方向

201 春联点燃新年的光芒

203 家乡过年

205 小雪谋划年底的意境

207 迎风眺望

209 秋天的期许

211 在一个传说里祈祷美好

213 五月回家乡

215 风牵着春徐徐而来

217 呼唤新年阳光

219 一根火柴

221 月在秋（组诗）

225 歌圩歌

226 喜鹊唱

228 山歌将春水养肥

230 给春天洗脸

232 春　耕

233 春意闹

234 立春词

235 桃花笑

236 乡村春联红

涌水起风／

241 我想看见杜甫的身影

243 飞天的种子
　　——悼袁隆平

244 在春天飞向天宇
　　——致敬黄婉秋

246 蓝焰闪耀（组诗）

252 蝴蝶美丽天空
　　——致黄文秀

256 彩霞升上天空
　　——悼梁小霞

258 我欠春天一首歌

260 清明至

262 一座山的清明

264 一朵樱花坠落水面

265 挺住，河南

268 继续给父亲买烟

270 望着山路我泪流满面

272 母亲回来

274 大雨是不是母亲的泪水

276 阳光照在山坡上

278　今日冬至

279　壬寅腊八

282　春雨洗着春雨

284　与一群鸟聊天

287　新年帖

288　小年辞

289　冯子材旧居记

291　大车坪

292　大年传

298　振高歌

306　后　记

顺水流深

壮美花山

美好的日子如花绽放

动听的山歌似水流长

在祖国南疆，我又一次仰望花山

这神奇美丽的故乡

在新时代焕发出温暖的光亮

这里是骆越民族的故乡

代代先民的精神

如连绵起伏的山梁

这是壮族儿女的家乡

祖祖辈辈的血脉

似江河奔腾的波浪

我看见爷爷在耕作

披荆斩棘，驱兽垦荒

我看见奶奶在织布

日子像月光流淌

我看见父亲母亲

他们辛劳耕作，播种希望

描绘彩虹，编织曙光

而我，正是在花山的怀抱中

孕育生长，欢声歌唱

是花山的怀抱给我温暖

是花山的乳汁将我喂养

风雨岁月坚定信念不迷茫

是花山的山峰让我刚强

奋斗征程勇往直前不彷徨

是花山的雨水充盈我血脉

人生旅途挺起自信的脊梁

岁月更替山川的容颜

风雨催动江河的流淌

许多历史的色彩已经苍白平淡

多少曾经的喧闹已经不再声响

而花山岩画依然鲜艳闪耀

山峦与河流涌动幸福快乐的向往

小康社会的伟大成就

像金子一样闪闪发亮

我知道，家乡泥泞的山路已变成硬化大道

村里的危旧瓦屋变成了崭新楼房

高速公路、高铁动车

拉着壮乡巨变的喜悦来来往往

铜鼓铿锵，伴随父亲的山歌激荡

壮锦斑斓，和着母亲的笑脸绽放

绿水青山就是金山银山

乡村振兴的画面熠熠闪光

这就是花山，壮美的花山

新规划的蓝图

已展开崭新篇章

与蓝图、篇章相关的方方面面

在镰刀锤头的辉映下

如群星闪耀，闪耀着

共同富裕、实现梦想的光芒

花山，这个魅力四射的地方

明江浇灌着恒久的理想

沃土生长着现实的辉煌

啊，花山，壮美的花山

你是愚公移山的山

你是十万大山的山

你是绿水青山的山

你是山高水长的山

你是父亲的山，是母亲的山

你是故乡的山

是我的花山

穿过花山

一

花山没有说话
岩壁上的画面
把光阴推到久远
把历史，拉到眼前

奔流不息的明江
载来虔诚的拜谒
也载走震撼的情感

一群鱼来回穿梭
摇头摆尾
与流水同行

对岸的村庄

有孩童爬在树上

欢叫着，好像在摘取

某个历史的惠赠

江面上，没有

古代的独木舟

只有现实的风

轻轻吹

二

岩壁上

还摆放着那面铜鼓

仪式结束了

鼓声还在回荡

春夏秋冬

到花山的人

把铜鼓声声

收入胸腔

对岸有一只狗

在凝望。它不知道

如何能到画面里

与同类交流

做古今对话

三

那个女人

用2000多年持续孕育

定义人类的绵延

定格生命的深刻

用隆起的腹部

包裹人类灵魂

涵养历史与现实的血脉

赭红，作为血液颜色

鲜艳并夺目着

画面以大大小小的形象

和各种神态，构成家族

和民族的生活内涵

日升月落

光阴改变着事物的容颜

只有这生命的颜色

保持亮丽

四

连绵起伏的青翠

隐藏骆越祖先的微笑

也隐藏着母亲的微笑

母亲来过这个人间

并生育九个儿女

几年前她踏月升空

化入了苍穹

此刻，在花山

对着岩画里的那个孕妇

我喊了声母亲

大风凭空而来

江潮刹那激涌

大雨不期而至

五

那支歌谣

在岩画里收起尾音

尾音的起伏

恰如心跳的律动

田园里，耕作的夫妻
犹如一个和音
连着岩画与土地
协调背后、眼前和远方

他们没有说话
只是默默地
进入我的诗歌
成为花山的故事

花山记

一

那时，天很白
大地缺少殷红的血色
就连水，也是浊浊的黄

骆越人的眼睛
却很清澈
看不得，世界如此单调

便撕裂魔鬼和野兽
将它们的骨髓和血
随意地，往岩壁泼洒

二

很快，骆越人发现

骨髓和血的灵魂

不安分，还会蠢蠢欲动

骆越人的心灵

却很平静

容不了，没有规矩的现象

就聚拢全族人民

掏出自己的思想

认真地，在岩壁安放

三

不久，岩壁开始变红

思想逐渐发芽

慢慢地，长出生活的意象

骆越人的眼光

却很远大

看到了，未来的智慧

就摘下太阳、月亮

和着现实与理想

神圣地，往岩壁深刻

四

接着，龙飞下来

江河日夜流变着情节

很快地，波平浪静涛息

骆越人的头

不由自主

执着地，在岩壁高昂

便令山河美丽

繁荣流域生态

永恒地，向岩壁簇拥

五

接着，虎啸而来

山峦日夜丰富着内涵

渐渐地，两岸孕育出神奇

骆越人的双脚

不由自主

踏实地，在岩壁扎根

便令百兽蜂拥

匍匐而来　温顺而列

虔诚地，朝岩壁跪拜

六

接着，凤凰飞来

森林日夜生长着故事

多彩地，演绎着魅力

骆越人的双手

不由自主

粗壮的，在岩壁举起

便令百鸟欢歌

嘤嘤成韵　千转不穷

有序地，围岩壁起舞

七

后来，风起云涌

左江流域传说着奇迹

绵延地，不断诞生

骆越人的思想
更加成熟
逐渐地，丰富岩壁内容

于是颜色开始温热
鲜活而亮丽
红红地，在岩壁闪耀

八

后来，朝代更迭
两岸岩壁参差不齐
上下地，分出层次

骆越人的行为
更加粗犷
律动地，多样岩壁形式

于是画面开始拓展
宏大而悠长
徐徐地，在岩壁繁衍

九

后来，历史纵横
一江绿水默默不语
静静地，收藏天地

骆越人的构思
更加丰满
全面地，扩大岩壁规模

于是文化开始形成
深刻而隽永
神秘地，在岩壁展示

十

现在，阳光明媚
花山岩画金光耀眼
闪闪地，照亮世界

骆越人的文明
辉煌而灿烂
千年的，令人们仰望

在土耳其召开的一个会议
简约而隆重
庄严的，让岩壁光芒四射

十一

现在，月色迷人
花山岩画银光柔和
幽幽地，吸引世界

骆越人的文化
博大而精深
恒久地，令人们思量

在联合国的申遗会议上
共识与认同
明确地，让岩壁魅力无穷

十二

现在，惠风和畅
花山岩画鲜艳无比
从容地，走向世界

骆越人的历史

悠久而神秘

久久地，令人们解读

在七月的热情中

祝贺与欢呼

持续地，让岩壁生机勃发

十三

未来，天很蓝

云霞充满了五彩斑斓

就连光，也是金金的黄

花山岩画

却很单纯

容不进，一点杂质

依然保存血的红

任由风云变幻

坚毅地，在岩壁守望

十四

未来，地很绿

山峦一片片浓淡着季节
就连水，也汪汪的清

花山岩画
却很执着
舍不得，一点改变

依然保持红的质
任由岁月沧桑
坚强地，在岩壁凝望

十五

未来，未来很长
天地许多风雨雷电
就连山，也会悄悄地变

花山岩画
却很沉稳
绝不做，任何消长

依然保持神秘的气势
任由天翻地覆沧海桑田
坚定地，在岩壁歌唱

岩画诗

像舞蹈

如唱诗

看岩画

要用朝霞的眼

一眼看春秋

一眼读骆越

还有一眼

读鲜红

古也是

今也是

古今都是岩画

晴是青春血

雨是爱情红

白天吐心曲

晚上传心声

说岩画

东边晴，西边雨

水里鱼欢跃

岸上花草摇

阿哥嘴里吐莲花

阿妹脸上挂红霞

明江不语

长久泛着盈盈笑意

花山曲

山岩绘红

水面着绿

醒来就张开眼睛

寻找春秋的歌圩

歌声散去

我找的人在哪里

田种五谷

地植桑麻

日夜累积念想

岁月漂染发霜

晨曦冉冉

她家在何方

水色新

山歌亲过水的脸

温暖的内容

明亮水的心

先祖立在岩上

穿着红色服装

看对岸村庄

洗岁月的尘

春天浩荡

放牧天空的彩霞

夏雨淋漓

渲染大地的斑斓

发芽的风

带着枝条向上的绿

回顾江水

水在阿妹的欢唱中

楚楚地新

花山的香味

花山盛产香味

花香、果香、稻香、酒香……

浓的、淡的，轻的、重的

长年活跃在世界文化遗产的氛围

山物错落而生

放肆、随意

生产和释解自然的思维

明江缓缓西流

深沉、淡定

过滤和收藏生活的滋味

阳光闻香而来

在村村寨寨流连忘归

雨露沐香而至

流连在山山水水

风儿寻香而行

时缓时急一路追随

月儿爱香情深

圆圆缺缺从不后悔

花山的香味

醇厚且浓郁

清爽又芳菲

令人，欣欣依偎

熏然而醉

而我，迷魂于你的体香

从未醒来

岩画辞

一

明江的倩影

从历史的源流亮丽

我祖宗灵魂栖息的西南边地

花儿鲜艳，草香浓郁

干栏民居端坐在山腰，端坐在

风雨虹岚日月缠绵的风景里

而在更高的高岩上

骆越先人清醒着

千年注视明江两岸，零星村落，零星灯火

错落的干栏民居，柴门开开关关

炊烟断断续续

每天午后

米酒冲出陶罐，跃上木桌

开始荡漾蒸滤过的生活

喝一碗温和的米酒

从胸腔里摸索回家的小路

唱一首山歌

每一句火辣的山歌

都饱含故乡的记忆

说一说家乡土话

每一句家乡土话的温度

都会暖醒我开始长出野草的心窝

我的目光，在凤尾竹的光影下与你相遇

思念的血液，已经化入深沉的明江

在木棉花开的两岸

绽放灵魂的光芒

二

会拐弯的风，穿过山谷林间

交谈明江

懂飘移的雨，走过山岗河流

会见花山

波澜起伏的心绪

仿佛天琴的梦呓

抒发迷离夜晚

喧嚣散尽，那个追赶流星的人

跑来跑去，在岩画上撞上自己的脸

笑声响彻云天

舞步里踢踏的欢乐

在洋溢的波纹里回旋

那个舂糯米糍粑的壮汉

走到江边，裸身入江

像一条龙，戏水翻腾

忘了两岸无数不眠的眼

花山静谧，岩画安恬

虫儿的幽语，巡护夜色下的图腾

花山岩画，暗香浮动

雄浑穿墙入心间

三

蘸着春秋战国的鲜血

举天。踏地。高歌

画面四周，青翠欲滴

明江水面，内敛不语

队伍走向朝阳

线条走向粗犷

时光静若处子

干栏民居素如岁月

稻米、玉米和红薯

共同迎送日子的更迭

对联、米酒和爆竹

一起营造节日的氛围

门槛上，踏平了许多规矩和欲望

屋前后，拔高了多少山岩与树木

岩画沉静的面孔

仿佛山顶的朝阳

山顶的朝阳

已变成向往

四

一切个体的颜色

因内涵的蓬勃而鲜红

所有群体的举动

因历史的久远而深刻

岩体安静，明江安澜

山水朝来，草木簇拥

岩画的高度

正是祖先居住的地方

祖先居住的地方

重叠情感，起伏岁月

如春苗律动，似秋谷亮黄

四个季节，依次登台亮相

十二个月，连接上上下下

古老的脸，过往的岁月

退出岩画的视线

缤纷的声色，斑驳的容颜

总在风里自生辉

朝霞满天，爱要回家

依山傍水，作画安魂

敬请万物齐来，共叙久远故事

敬请放声高歌，围着篝火起舞

五

篝火之外，山水进入梦乡

高岩之上，画面静谧如谜

有一种声音

如虎跃过山岗

有一种气息

像龙行过大地

我听到的是那样地飘

我听不到的，是如此地重

栖息先人灵魂的岩体

已被时光过滤了颜色

密密麻麻的思绪，如山沉默

闪闪烁烁的理想，似水涌流

篝火之外，森林闭目养神

森林之内，禽兽无动于衷

森林扎根自己的土地

动物守住自己的家园

夜风捎来森林的寄语

告诉我不要离开自己的心地

月光带来动物的忠告

希望我不要把自己的家园荒弃

岩画似乎也在启示

守住家园的白天

守住家园的黑夜

守住太阳和月亮

就像干栏民居对着明江，不离不弃

六

让生生不息的时代奔跑

让奔跑的时代着色

在山歌缭绕的田地里，种植神话与传说

在高耸入云的岩壁上，展示隐秘与深奥

米酒蒸发日子

黑夜交替白天

历史启示现实

现实挽留历史

都留住吧。生活的甘苦如喝酒一般

舒筋活络打通朦胧的追求

爱情的山歌，在萦萦绕绕

滋润的爱情，在缠绵缱绻

明江的清幽里

显现唐诗宋词的容貌

美了山河，媚了月亮

而花山岩画，如壮锦里的吉祥纹样

重叠交织的心，都交给来来往往的目光

七

雨在下，长长的明江在长大

绣球的五彩缤纷，凝聚悠悠的情丝

天琴妹，晃动脚铃怀想远方

跳舞哥，踢踏青春追逐眼前

山歌跨越峡谷的尾音

落入金竹林的幸福里

壮锦隐喻的世界

从遥远的源头开始灿烂

绣球包涵的境界

自古老的岩画开始高远

脱下草鞋

听虎啸撕开夜幕

坐在干栏民居上

看晨曦划破山岚

田峒的稻禾收藏露珠

山顶的果实吐露清香

木叶声声，请出百鸟的合唱

山歌绵绵，流出一腔的心意

八

石磨磨亮的日子，如粉白飘扬

明江每天的流转，似波涛不绝

太阳如约来叩醒阿哥的门

月亮准时来敲响阿妹的窗

翡翠孔雀喜欢检阅山与山的景观

白头叶猴爱好丈量崖与崖的距离

风摆动季节的颜色

雨淋漓岁月的深浅

蛙声起处绿苗舞

不动声色是铜鼓

铜鼓收集太阳的光芒，收集天空青云

等待腰挂大刀，头顶羽冠，

驱着犬，骑着马的岩画人

擂响它的思想

九

请青山的形象更硬朗一些

请绿水的容颜更娇柔一些

请鸽子的羽毛更雪白一些

请山歌的音域更宽广一些

这样可以让鹰的飞翔更高远一些

这样可以让梦的内涵更丰富一些

这样可以让爱的质地更纯粹一些

这样可以让心的天宇更敞亮一些

岩画的视野，光阴如银

民居的四周，黛山如烟

每一条通往家园的道路

都浸染时间的指纹

每一个汁液饱满的日子

都宽阔时间的旷野

那些集结在岩壁上的形象

如那些散居于山的村民

他们，有的躬耕于野

有的狩猎在山

有的织锦，有的绣球

十

风刀砍不掉岩画的内涵

雨剑削不去岩画的颜色

坚硬的画面在稳固

刚强的祖先在稳固

炊烟在牵引，家园在呼唤

九道湾的明江在回恋故乡

水在融汇岩画的日月

山在注解岩画的乾坤

天赐的鲜花，旁白岩画的经典

深情的鸟语，解读岩画的寓意

神秘的花山岩画，如少女的清音

白天用来表心曲，黑夜用来藏心思

久违的乡音，呼唤寻梦的游子

沿着明江铺展的锦翠

朝着祖先安放在岩壁上的灵魂

到生命的家园，接受爱的安抚

再拜花山

早上雷造声势
大雨洗涤中秋的尘埃
月饼与糍粑结伴而行
乘船来到花山

扎根在明江两岸的秋
没有隐退的意思
岩画默默地注视
令枫树满脸通红

蓝天和白云漫步水中
与春秋的颜色交流
两个月饼化入阳光
献上烟火的安详

一只山鹰凌空翱翔

光影切换

画面开始生动

历史活过来

花　山

借天空一束阳光
抹上金色
献给祖先的笑容

借夜晚一轮月亮
注入银色
献给祖先的心情

借彩虹一片绚丽
加浓亮色
献给祖先的双眼

借星星一种高远
附上辽阔
献给祖先的追求

借祖先一种精神

包容山水

养育我的灵魂

仰 望

那束阳光

照到岩画时

我正好仰头

我的心

突然震颤了一下

我感觉自己的血液

快速地流动

全身发热

许多潜伏于身的心心念念

纷纷逃窜

冲出我的身心

落荒而逃

身心因而轻松轻盈

花山岩画颜色鲜艳

我的灵魂纯净起来

深 刻

这是深刻的岩壁
这是深刻的写意
花山岩画
翠绿的山峦蜂拥而来
仿佛争先恐后来朝礼
鲜红的画面破壁而出
犹如岁月无言的记忆
左江流域
梦醒的清波常年仰视
神秘的力量长流不息

翠绿的山峦
一座一座张开着美丽
鲜红的岩壁
一排一排展示着神奇

花山岩画

那深刻的内涵

使岩峰峭壁的寓意如此丰富

花山岩画

那举手投足的深刻

像灵魂在坚强地高呼

花山岩画

那左江流动的表述

似寓言在默默地诠释

深刻的花山

深沉的江水

一起守望

活着的历史

共同描述

骆越文明的轨迹

翠绿簇拥着鲜红

柔水缠绕着花山

面对太阳和月亮

面对白天和黑夜

花山岩画

静静含蓄月色阳光

默默过滤风雨雷电

让人们

千年仰望

万年思量

六月荔枝红又甜

遗留在树下的欢声
牵挂在树上的笑语
长成了累累的果实
在六月
露出迷人的红晕
在夏季
奉献沁人的香甜

花山的风
牵动少年的白衣
明江的雨
淋湿少女的红巾
白衣裹着少女的眼
红巾包住少年的心

六月的花山红翻天

六月的荔枝红又甜

六月的少女惹人爱

六月的少年恋少女

乘风飞响

通江达海的新传说（组诗）

在茉莉花的绽放中陶醉

时光推动日子

把岁月分成季节

安放自然变化

自然招来微风

将月光吹成花

绽放在中华茉莉园

其时花季已过

花园把美丽和清香

交给了过往光阴

只留满园绿意

孕育来年亿万洁白

远去的芬芳

沁入一片片叶子

奔赴天南地北四面八方

飞入海内外城乡

在千家万户氤氲日常

让春夏秋冬的生活

都有茉莉花茶的芳香

而此时，一朵茉莉花

依在万绿丛中

没有谁留意

没有谁凝望

那一缕淡淡清香

那一身洁净的白

却浓郁如酒

醉我飞翔的想象

通江达海的新传说

从平塘江到陆屋河再到茅尾海

从横州到灵山再到钦州

河道始终携带绿意花香

水流始终将阳光夜色星辰

铺展成柔软光芒

茉莉花将洁白芬芳

绽放给天空

红树林把守护等待

奉献给大海

白海豚用繁衍生息

生动人世间

让人世间，让海天中

生产深情的明亮

从江河到大海

一段历史曲折之路

在壮美广西

即将流出一条平陆运河

平陆运河，必将变成一个

通江达海的新传说

一群白鹭飞过红树林

那枚冬日望海而行

一群白鹭飞过红树林

在浪花驻足的地方敛翅

看渔民打捞闪亮的时光

万亩红树林

用浩大的翠绿托举一片白

久不久飞起的白点

像调皮的浪花

活跃眺望的眼神

有船从海天一线处

送出拉长的笛声

穿过海浪的喧嚣

穿过白鹭的张望

落入红树林里

似乎要给白鹭伴唱

在伏波庙看郁江平缓流过

已经看不见当年的波涛汹涌

已经看不到东汉的烽火狼烟

眼前的郁江平缓流过

让无数来往的追求与梦想

有了前行的航向

从伏波庙里发出的风

稀释了惊心动魄的往事

马援将军端坐庙中

目光穿云破雾

让历史的传说

拓宽郁江的航道

青山扎根在两岸

松树林、灌木林和青草

它们不离不弃陪着郁江

它们将身影放进郁江

也把心思放进郁江

青山将鲜花和鸟鸣

按自然的模式

表达日常

郁江里的鱼儿们

很少浮头

鹭鸟们反复巡视

如白银在水面洒过

在伏波庙看郁江平缓流过

许多劳累得以停泊

无数奔波得以上岸

伏波庙和郁江

从不担心过往的云烟

错过现实的真相

到龙门看鲤鱼飞跃

在龙门，七十二泾都张望着

看鲤鱼如何飞跃

桥墩竖立，如鱼昂头

海风吹散传说

一架龙门大桥

正在海浪的议论中起步

阳光驱散迷雾

鲤鱼在碧蓝中

飞向未来

祖国音符，时代歌唱

几千年来

有一个音符一直回响

这个音符

有群山的巍峨

有江河的流淌

东西南北

有一种歌唱最为洪亮

这种歌唱

有大海的壮阔

有大地的铿锵

这个音符

有茶马古道敲出的铃响叮当

有丝绸之路闪耀的和善光芒

这种歌唱

有五千多年来的琴心剑胆

有万里长城的坚挺脊梁

这个音符

让神农品出了百草芬芳

让黄帝平息了四面战场

这种歌唱

使大禹驾驭了大水的浩荡

使嬴政统一了神州的八方

一百多年来

有一个音符一直弹响

这个音符

有南湖红船的波涛

有镰刀锤头的飘扬

神州大地

有一种歌唱最为洪亮

这种歌唱

有驱除黑暗的呼叫

有寻找光明的呐喊

这个音符

有抗日枪炮发出的怒吼

有解放战争谱写的序章

这种歌唱

有新中国成立的宏伟篇章

有建设社会主义的激越交响

这个音符

让亿万人民翻身得解放

让沉睡的雄狮屹立在世界的东方

这种歌唱

使中华民族站起来，富起来，强起来

使五十六个民族同心共圆复兴梦想

进入新时代以来

有一个音符一直拨响

这个音符

有民族复兴的梦想

有小康硕果闪耀的光芒

绿水青山

有一种歌唱最为洪亮

这种歌唱

有金山银山的希望

有中国式现代化的畅想

这个音符

有"一带一路"的无限风光

有新征程踔厉奋发勇毅前行的磅礴力量

这种歌唱

有富强民主文明和谐美丽的欢畅

有不忘初心、牢记使命的信仰

这个音符

让此刻的祖国焕发辉煌的神采

让历史的坐标定格远大的方向

这种歌唱

使十四亿人的脚步汇成最铿锵的交响

使世界把目光聚焦东方

如今，我站在八桂大地上

听这个音符深情的弹响

看这种歌唱激情的高亢

听左右江、西江、红水河、漓江、柳江……

在刘三姐的歌声中澎湃流淌

看花山、十万大山、猫儿山、大瑶山……

在新时代的阳光中披上盛装

听北部湾的春潮涌动

看壮乡瑶寨的林涛蔗浪

听铜鼓穿透时空的敲响

看壮锦多彩生活的日常

听钦州港千帆启航的喧闹

看柳工制造插上智慧的翅膀

听千江奔流万山奔腾的山欢水笑

看高铁动车的飞驰来往

听大藤峡和平陆运河建设的号子

看五千万八桂儿女谱写时代新篇章

听海晏河清的惠风和畅

看建设壮美广西的繁荣景象

这就是祖国的音符

这就是时代的歌唱

祖国，是最悠扬的音符

时代，是最洪亮的歌唱

富川行记（组诗）

看秀水

深秋走到柿子的金黄

流连在秀水清浅中

甘蔗还集合在田里

看鸭子悠闲地游戏

清朝的状元们

早已走进祠堂端坐

看来来往往的祈求

在虔诚表达

一位农妇，在阳光的稻田里

用镰刀收割稻穗

留下一茬茬的禾秆

与斑驳的老墙相望

没有人注意到

村庄的炊烟很单薄

周围的田地也寂寞

只有鸟儿的吟唱

灵动了沉默的山

到福溪

到福溪，阳光一路相随

几个小学生正在玩游戏

他们是课间操时间

我突然有了回到童真的亲切

到福溪，时不时有状元探出头来

在古老的门楣上张望

或者，有马蹄声敲响千年古道

叫醒麻木的青石板

到福溪，遇见古树

在村头昂首挺胸傲然而立

粗壮的躯干和高高的树梢

藏掖着过往的风云与时光

到福溪，我放下一身风尘

享受一溪鲜活的滋润

也倒出杂乱的心绪

交给一溪清澈梳洗

过岔山

600多年的岔山村

容颜已老。沧桑

从城墙的裂隙中走出

四处分散，或到古民居、古戏台

或到古祠堂、旧酒旗、石板路

或在风雨桥、红砖黛瓦上

歇息，停留，居住

陈年的玉米棒挂在红砖墙上

金黄映亮九曲通幽的巷道

古民居改成的小酒馆

堆积一坛坛时光的醇酿

高挂满屋的腊肉

隐约飘出秦汉时期的风味

新居里小夫妻油炸的排面，浓香

牵住游人的脚步

在岔山村，我和一群诗人

饮米酒，喝油茶，谈笑风生

品味时代生活丰富的内涵

看当年的繁华，走过

凹凸不平的潇贺古道

走古道

千年时光落地为石

成潇贺古道

古道承载久远

沉淀过往历史

收藏大小故事

马蹄印在青石板

有点黑夜墨迹

有点烽火光泽

蹄印浅浅凹陷

昭示深深曾经

庚子秋天，我走进

一段潇贺古道

饮一杯浓浓沧桑

喝几口淡淡古风

生些许默默感慨

红旗招展娄山关

这座关山已载入史册

我来到的时候

那场战役的枪炮声

已经变成百鸟的欢唱

当时的硝烟

已经化作天上的白云

当年的道路

已经更加坚实宽大

夏季的关山，龙蟠虎踞

高耸着欲滴的青翠

紧锁着现实的风景

许多当年倒下的青春

已经长成参天大树

他们依然整齐列队

还在坚守着历史的关山

而在这之前的那年冬天

一场惨烈的战役

几万红军将士的鲜血

把湘江染红，也把剩下的

红军将士的眼睛擦亮

他们来到遵义

来到娄山赤水

拨开迷雾与阴霾

解析以往的盲目与偏激

重新定义核心与方向

谱写新的旋律与篇章

那位从韶山冲走出来的汉子

用他的深邃目光

高瞻远瞩，审时度势

以他的雄才伟略

谋篇布局，经天纬地

于是就有了娄山关大捷

有了红军长征以来的首次大胜仗

有了西风烈，长空雁叫霜晨月的故事

有了马蹄声碎，喇叭声咽的情节

有了"而今迈步从头越"的主题与意义

也有了四渡赤水的神奇

夏风不烈
长空桥上红旗招展
鲜艳着遵义会议的内涵
也鲜艳着一次伟大的转折
飘动着湘江战役的血色
也飘动着四渡赤水的波涛
站在小尖山上，极目远眺
苍山如海，汹涌磅礴
骄阳似火，滚烫心窝
从头越，锦绣山河

黄姚三题

光阴消磨内心的坚硬与粗糙

青石黑着脸

在来来往往的脚步下

敢怒不敢言

后悔当年受那条鱼鼓动

从别处来到这里

被时空定格

从此爱和向往

都成了可望不可及

任光阴慢慢消磨

内心的坚硬与粗糙

鱼上岸，在夜色里沉醉

夕阳还在回眸

姚江水色纷纷上岸

铺展夜幕之河

河中张灯结彩

挂满古老的魅惑

一条鱼也上岸

在灯笼的指引下

越游越深

最后，在一杯

夜色里，沉醉

浪花被笑声带走

几近无声的姚江

没有向低处流的样子

浪花被大大小小的笑声带走了

平静的水面映着柿子的金黄

深秋的夜空

晒出星星

点明两岸的灯火

照亮那条鱼追寻的方向

古老的歌谣

在静谧的小巷中徘徊

有几句被风带进花丛

剩下的，随着月华潜入江中

湘江笔记（组诗）

看见湘江

很想融进你的怀抱

如一尾鱼

融入流逝的岁月

融入远去的历史

这清澈的水

这洗涤生命的液体

撞击我的眼帘

顿时令我双眼喷泉

想用满腔的悲伤

和一生的感慨

浓缩成一滴血

绽放成不谢的浪花

1934年的硝烟已经消逝

如今，我看见的清流

都是血管里的纯

透亮精神的本色

许许多多浴血的灵魂

早已纷纷上岸

深入现实的大地

开花，结果

全州史事

全州的朝阳是从东山升起的

所谓历史

是1934年湘江的红

是几万将士灵魂的绽放

那几万朵生命之花

密密麻麻开满湘江

重重叠叠开在水里

鲜艳了这段历史的河流

当年的鱼被惊吓了

逃之夭夭

四处漂游

只有几万将士的精神

散布这片土地，扎根这片土地

并以诗意生活的各种形态

再次呈现

成新时代的新景观

兴安晚风

从湘江走过来的晚风

带有滋润的凉爽

月光随风而行

照亮灵渠的容颜

坐在院子里的老农

目光苍老而安详

吐出的烟雾

朦胧了远方

村头的树

哼起了夜曲

归巢的鸟窃窃私语

不惊扰花的依偎

这是春天的夜晚

1934年中央红军走过的兴安

晚风轻拂

偶尔发出一声历史的叹息

而在灵渠两岸

鳞次栉比的楼房

灯火辉煌

此起彼伏的欢声笑语

随风飘向远方

湘江水语

不停地来

不停地去

默默无闻　只有

1934年的冬天

发出了声音

芦苇起舞

桃花歌唱

消除硝烟

沉淀历史

惨烈遁无踪迹

炮火燃成了树木

鲜血染过的江水

越发青绿

始终没有鱼浮头

鸟在探头探脑

湘江之水

自然的流

新鲜的阳光

温暖的覆盖

照出湘江历史的深沉

照出湘江现实的光亮

面对湘江

犹如天空

我放开眼

也望不到她的边沿

就像大地

我如何奔跑

也跑不出她的疆域

正如阳光

我身处何地

都普照我整个世界

正如我的爱

无论何时何地

我总把她带在心上

贵州行记（组诗）

致敬奢香夫人

身后枫树的艳丽

如流传了600多年的历史

所有的花微笑着

绽放久远的思绪

鸟儿在树林间穿梭

执着地寻觅，当年的风云

穿过青石板坚硬的本质

在向天坟的葫芦口

阅读，您的身世

我到来的那时，深秋的雨

携着明朝官书的墨香如约而至

我看见火焰，烧毁

叛军的梦想

走进奢香古镇时

贵州宣慰府打开一页页过往

您沉着坚定的声音

载动闪光的彝文，照亮泥土

引领善良、和谐的种子

在一座座山里生长

使大大小小的江河湖溪

装满彝族人的日常

如今，在云雾柔软的地方

您的后裔将生活的琐碎与悲欢

酿成一壶壶苞谷酒

他们端起牛角杯

畅饮您的荣光

并把您的故事从明朝带回

装进云龙山下的湖里

发酵传统的味道

孕育时代的香甜

在传说中徜徉

我发现，水西部落

被您举过历史的头顶

奢香夫人，明初的彝族英雄

挑起一段历史的担当

在乌蒙山区，把一个民族的史书

写成一枚明朝西南天空的太阳

闪耀着维护国家统一、民族团结

和边疆稳定的光芒

走进大方

历史迎面而来

奢香夫人从向天坟走出

带着星星的湿润

穿过古道

在洗马塘前伫立

身后是两树红艳的秋

是时空深处的寂静

彝文从栖息的湖里上岸

往云龙山上飞

有些进驻贵州宣慰府值守

有些进入史册

有的散入乌蒙山间

更多的融入人间烟火中

在现实的土地上

奢香古镇张灯结彩

屏蔽了唐宋元明清

彰显着时代的容颜

而经过大方的动车

以风驰电掣的速度

向前飞奔

镰刀湾

民房散卧在山中

如野棉花一般的白和醒目

传奇都挂在崖壁上了

一渠清流

牵动远远近近的风景

渠水欢笑着

在崖壁间蜿蜒穿行

遍野的草木和花果

以及金黄的稻穗

簇拥相迎

渠的远方,有云,有雾

有徐荣他们的身影

雨下来,我们

和满山的颜色一样

默默承接

秋天的广场上

一只黄毛狗

安然地午睡

不为周边的声响所动

大寨

山顶上的这个地方

没有梯田

只有散落的民房

零星的苞谷地、坟堆

也有拖拉机、汽车

以及褪色的春联

大寨只是乌蒙山中

生机镇的一个村子

在公路边的加油站

一个穿着彝族服装的姑娘

向我笑了笑

问我要不要买点红茶

好像她知道，我们

都是关心烟火细节的人

月牙泉农家乐

云雾散淡一点
天便离我们高一层
晚饭后，山都驻足休息
水也敛声入眠

与贵州诗人们在一起
雨之外的世界
被夜幕包裹
只有一堆篝火
燃旺诗情
清晰情怀的轮廓

民族大道的阳光

今天，我又发现

天空晴朗鸽子翱翔

民族大道洒满了阳光

阳光调和树叶的颜色

调和花草的清香

调和车辆行驶的变奏

调和人们灿烂的脸庞

把一座城市的生活

调出斑斓世界的和谐

和成诗意色彩的光芒

人民公园和南湖公园里的纪念碑

穿越时空遥遥相望

一北一南耸立着的历史灵魂

彼此呼应无言歌唱

花岗岩石垒起的基座

奠定坚固的理想

昂首冲天的碑身

擎起追寻阳光的志向

周围沉淀的土地

凝聚曾经的血液

延伸发散的意象

演绎当年生命的交响

那一代人

为了走出黑暗

他们用生命寻找光明

为了后代没有黑暗

他们用鲜血换取阳光

因此他们

很多都走进后来的纪念碑

永恒地将阳光守望

今天，山河悖乱的历史

早已随风而逝

腥风血雨的岁月

早已云散烟消

他们，依然附着纪念碑

永远地守护着阳光

阳光，使高天空阔

浩远民族的精神

令大地肥沃

厚实百姓的日常

今天，我还发现

晴朗天空有彩虹的诗行

赤橙黄绿青蓝紫

闪烁在民族大道的阳光

阳光构建时代的主题

阳光錾刻民族的思想

阳光叙述江山的故事

阳光普照大地的心房

秋天到德峨采风（组诗）

我带着阳光而来

德峨的天空，多彩而美丽

她被阳光描绘，也被月色过滤

彩虹一般的服装，本色的展现

它们带着烟火的意境

纷呈了千百年

过往的岁月如秋雨

无声地滑落

远去的风，扬起古老的俗尘

也扫落现实的叶子

清越的芦笙曲

穿过环佩叮当的银饰

穿过野生蜂蜜的浓稠

和苞谷酒的醇香

我带着阳光而来

无非是想闪亮自己的双眸

圩日从古画中走来

连通街市的路如山峦

将热闹一层一层抬高

眼前是人流。山脚是牛市

山顶是树举着的云

芦笙迎风吹响，唤来细雨

纷纷向街市洒去

街市拥挤。空气翻腾着喧响

云立在山顶观看

云的目光如画笔

扫描出德峨的多彩与艳丽

站在镇政府门口

熙熙攘攘的圩日

如一帧古画面

从风中走来

收割一块秋天

美丽，于我
向往的地方流淌
德峨兴奋起来
各种声音涌向圩日

这些声音，一声比一声
动听和暖心
使我的激动稠如野生蜂蜜
令有点寒意的身体
马上温暖
令平淡已久的心
迅速甜蜜

我要收割一片这里的秋天
让我在一碗苞谷酒里
抵达你的丰富
熏陶你的纯朴
或者，在一碗羊瘪汤中
领略你的滋味
回味你的生活

秋天到德峨采风

艳丽的服饰闪亮眼睛

"尝酒"的叫卖声灌进耳朵

我们似一群饥渴的鱼

游进十月的德峨

黄浩云像只喜鹊

在她的出生地窜来窜去

三岁离开这里的她

不知是否还能找到

她当年留存的记忆和欢乐

石才夫企图通过一个葫芦酒瓢

打捞句町古国的一壶沧海

却无意中，遇见了

茶马古道的那口井和传说

黄佩华用他沉稳的表达方式

把这座他早年进出平用老家必经的小镇

打量成一片明媚，并在热气腾腾的饭桌

将熟悉的辣椒骨和苞谷酒

演绎成有滋有味的日常生活

梁洪四处寻找

他童年的细微印象

他母亲当年的绰约风姿

以及他母亲歌声唱开的花朵

睿智的容本镇

保持平静的微笑

看德峨的历史与现实

在时空展示，在眼前流过

宾阳频频拍照

以记者的敏感

将每个生动细节的光亮捕捉

并在一位纯朴少妇的摊前

把深山酿造的甜蜜收获

覃祥周夫妇，这对山歌眷侣

试图在歌声与笑声中，寻找和发现

驮娘江与红水河山歌调的异同

以及北部壮族与南部壮族山歌的源流

…………

秋天到德峨采风

我发现，苗、彝、仡佬、壮、汉五个民族

如紧密相拥的山山水水

根脉相连，经络相通

我中有你，你中有我

共同经营这方古老与丰富

一起创造这片神奇与美丽

共同燃烧天上街市的人间烟火

苍山上的云如影随形

显然距离已经不存在了
她的形象，一直在他心里
洱海的深，一直辽阔

大理古城铺满爱的街道
展示她，打扮她，装饰她
如为奔腾的苍山
提供一个驻足的理由

但惦记催生寂寞
会有胡思乱想纠缠光阴
假如，有一天
他从现实中走来
就会打开一扇历史的门

果真如此，苍山
就不会再无动于衷
她也不会天天游移
把他去往的每一个地方
都紧紧地系上思念

又到贵港

又到贵港

2000多年前的古郡

2000多年前的历史已经沉淀

层层叠叠

藏在泥土下

深入江水中

一些故事不甘寂寞

借助锄头的力量

出土而来

在世人的惊讶里

走出尘封的岁月

跳出埋没的命运

最后走进博物馆

安身立命

更多的故事

沉默在山水中

用树木　青草　鲜花代言

或者　用五彩缤纷的颜色

代表形象

也用　风雨雷电　日月星辰

表达思想与内涵

又到贵港

2000多年后的新城

2000多年后的今天完全变化

大大小小

显露阳光下

伫立和风中

许多传奇急不可耐

以比肩动车的速度

破空而至

在时代的版图上

崛起发展的高度

拓宽开放的广度

然后步入新常态

与时共行

更多的传奇

喧哗在城乡里

以高楼　微信　电商作桥
或者　以来来往往的物流
连接沟通
也以　阳光雨露　明月清风
当作态度与情怀

又到贵港
我穿越2000多年的时空
感受历史与时代的真谛

上林行记（组诗）

鼓鸣寨素描

湖面上的微笑很多

应该是离天空很近的原因

老房子的面貌有所改变

不是当年的玉树临风

或许是大明山有过吩咐

鸡不喧闹，狗尽量不出声

林中的鸟儿们飞跃追逐

为村庄制造宁静的欢乐

它们像蝴蝶一样嬉戏

心里流着明媚的小溪

岸边，有女人在低头摘菜

山上，有牛羊优哉游哉

山寨平静，如天空

垂挂一枚月亮

和谐每一个日月

假寐的鱼

偶尔打着哈欠

将芦花上的蜻蜓惊醒

湖水不再狂野

柔润地拥抱落叶

让枝头的眺望

有着不舍的慰藉

院子里的老人

面对微澜湖水

和起伏山峦

始终保持古老的姿势

在新鲜阳光下不动声色

在石寨寻找一口塘

石寨的许多楼房

在眺望远方

一些房子安静地坐着

它们好像在想着什么

又好像啥也不想

村前稻田和玉米地

留有季节的声音

写着耕耘与收获

岁月带着大明山的时光

一天天翻阅村庄

也一天天改变村庄的容颜

在石寨寻找一口塘

据说那口塘很大

装满了当年侵略者的罪恶

装满了被残杀的石寨男人

也装着一个塘里逃生的传奇

那口塘已经不见了

只有泥土和草保留着记忆

只有溪水还在流淌历史的闪烁

开阔稻田里

众多稻草根屏住呼吸

聆听大明山的山林间

阳光迈着闪亮的步履

夜宿下水源

我们到达时

丰沛的水已随过往远去

大小石头姿态各异

在山沟里枯燥无言

回忆曾经的水流潺潺

等待来年春天再次喧哗

青山浑厚绵长

村庄在陡峭山坡上攀爬

往事侧卧在八角树林

看饱经风霜的时代

是如何一点点地变化

明月带着星星来了

在山顶探望我们

见证一场生日晚宴的欢乐

风轻轻铺展辽阔寂静

就像生活抚摸日常

远山在夜色之下

模糊欢喜的模样

犹如暧昧，无须清晰

夜宿大明山，在下水源
物喜己悲之类已然消无
更远的深山老林里
家乡也在烟岚起处

三角梅基地

那天，盛大的阳光
将我们覆盖
连同满山遍野
各种品质的三角梅
翻山越岭的鸟鸣

在阳光的覆盖下
三角梅汲取地火的力量
用鲜丽世界的形象
和直抵人心的语言
绽放满坡满岭的繁花
绽放红艳的青春
以及带风的情感

防城港捡珠（组诗）

涂海艺术村

这些当年养育珍珠的房子

如今变成一间间民宿

安顿一颗颗想涂鸦大海的心

夕阳如一颗硕大的珍珠

在天上放射迷人的魅力

吸引大海慢慢拥抱她

大海心潮澎湃，一点点

将自己化入珍珠的笑靥

海鸥牵出心海的欢乐

在金色光芒中飞翔

海边清浅

海潮涨退

浪花喧哗

芦花轻摇

让岸上的人

反复聆听大海的隐语

海上夕阳

从东到西，从山到海

转了一天的太阳

阅尽了世间百态

到这里，海风淋过

才洗出一身金黄艳丽

在白龙湾

一群文人站在海边

享受这段时光

看夕阳是如何

把天空染红

又把海水染出五彩

海水很不平静

发出激动的声响

时间远离

周边的事物

静止所有的意义

这个时候

我能想到的事情

就是将爱全洒进辉煌里

哪怕有的爱被淹没

也是值得的

走过海上的绿毯

风很大，海在喧哗

我们走过一片红树林

在海鸥和白鹭眼里

我们是绿毯里的黑点

与红树林格格不入

海鸥和白鹭

不愿意陪着我们

它们愿意翱翔

愿意站在芦苇上

或者在树丛中

寻找鱼和虾蟹

就那么一段时间

我很想变成一只鹭

立在树冠上

或立在浅水中

放线垂钓

但我没有雪白的衣衫

没有飞翔的翅膀

怪石滩

海水被阳光覆盖

浪花送来细碎的故事

海鸥随浪悠游

织网的妇女

穿梭生活细节

摩擦岁月的坚硬

怪石滩

用时间和造化

演绎石头的传说

把一处海水

弯成一片柔软

在棉花的柔软里沉静（组诗）

柔软没有隔阂

棉花洁白

白云洁白

棉花开在大地上

白云绽放在天空中

棉花与白云

都是柔软的

天坑与悬崖

却是坚硬的

坚硬有界限

划分形状与距离

柔软没有隔阂

包容大地与天空

这里也是那里

仫佬族的酒歌

我们也是你们

在棉花的柔软里

你我的梦都得到沉静

在天坑中沐浴

雨的线条

瀑的形状

水的骨骼

那一刻，我以洗涤的心情

享受沐浴的愉悦

淋我的头，淋我的脸

淋我的身，淋我的心

淋我半生跋涉的风尘

淋我几十年累积的疲惫

最好，能淋去我生命的卑微

淋去我生活的汗泪

和人生的迷茫

那样，麻木的我就会复活

有那么刹那

我看见

彩虹在空中飘飞

长生有入口和出口

其实是个石头山

心中郁闷

先开个大口透气

或者吸气

然后中间安放各种景致

让俗人命名，牵强附会

让游人自己去想象和体会

据说洞中的水特别

很清澈，较凉

把外面的鱼放进去

都活不成

我眼睛浑浊

便用水洗了洗眼

往上走

出了洞口

才发现

入口和出口是基本平衡的

但过程有高低起伏

其实人生亦如此

有高低起伏

有各种景致

也可以有各种解读

重要的是

要有入口和出口

要有过程

不管精彩或单调

无论丰富或简单

如此

可谓长生

永州拾意（组诗）

在零陵品一杯夜色

雨时大时小

敲打着零陵的灯火

星星随雨丝下来

散落四处，闪亮

夏天的心眼

闪电从郊外穿过城市

许多孤独和寂寞

许多悠远与瞬息

在夜色里被发现

它们依附朦胧的事物

泪流满面

有一条鱼，或者许多鱼

在雷声的鼓舞下穿行

测量潇水和湘水的深度

寻找柳子当年散发的吟唱

并试图发现回家的路

时光披着一件蓑衣

展示远古的风貌

雨水溅出现实的花朵

流淌深浅的思绪

为暖风吹醒的烟火抒情

零陵的雨帘中

我端起一杯夜色

听着风的足音

慢慢啜品

路过道州濂溪书院

我们到达的时候

雨也到达。先前到达的阳光

没理会雷的轻声呼唤

书院的大门敞开

看荷花的香气

氤氲过往的云岚

院内深藏故事

弥漫诗情画意

许多历史情节

散淡在房檐、台阶和角落

在院内行走

总有一股清流

若隐若现围绕着

而当年那种琅琅书声

在阳光的照耀下

闪烁成深深浅浅的绿叶

有人撞响历史的钟声

敲醒一种坚守的意义

振奋一种纯正的精神

溪水活跃一股意象

濯洗一种荣耀的象征

幸好有这座书院

使生活在这里的人们

内心得以丰满

也让路过的我

收获眼眸的清澈

遇见千家峒一只蝴蝶

这个千年瑶寨

已经更换以往光阴

所有的空气也已不再古朴

只有高山上的云雾

还在浓淡地缭绕

这只蝴蝶

是从溪流边飞出来的

如诗句抒情翠竹

似音符愉悦瀑布

它煽动着翅膀

翩翩起舞在我的面前

就像一朵灵魂的花

生动逝去的历史

伸展自如的翅膀

缠绕着现实的轻风

开合着生活的气息

这只蝴蝶

点亮了童年的时光

放牛的童年

捕捉蝴蝶与蜻蜓的童年

从遥远的山路跳出来

从辽阔的记忆蹦出来

醉了快乐的岁月

千家峒的这只蝴蝶

用它灵动的翅膀

打开一景瑰丽，一篇新意

也诠释了一种秘语

在江华县民宿，与云同眠

民宿在半山腰

入住的那晚

有云雾，无声的

也来到了身边

好像邻家小妹的身影

我看见门前屋后

有轻轻的气息在游动

山谷里，每一条溪流

都在欢声地交谈

密密麻麻的雨线

从四周拢来。一阵一阵的
融入这山，这水，这夜

长桌晚宴之后
篝火晚会之后
我回到入住的房间
看见窗外有云雾缓缓前来
渐渐地由厚转薄，由浓转淡
我还看见四周的山
在云雾的安抚下
一座一座入眠
偶尔发出湿漉漉的梦呓

柳州印象（组诗）

随想柳州

山要行远，总有高低起伏

水要流远，必有迂回曲折

那天的柳州，高低远近

风云相随，晴雨相伴

各成各的风景

柳江两岸，当年的战马

站成一棵棵柳树

在深浅中滋养绿色

等温柔的风出生

过往的时光

翻阅着日出月落

岁月绽放所有的心情

爱情在生活中喜忧参半
有男女在演绎人间的悲欢
柳江用长流的水
涤荡历史风月
一座孔庙带着古韵
挺拔于城市的浓荫

两岸的烟火
明灭过多少人世的成败
鱼峰山上眺望
柳州再无一树柳
保持当年容颜
当年往事，已遗失情节
只有传说的波涛
偶尔发出喧哗
柳宗元当年仰头一叹
把英雄豪迈和万般柔情
洒进柳江，汹涌回响千年

现实的抒情进出千门万户
历史的感慨绕过生活细节
柳州，走到了繁花时代
屋檐下，老人在笑谈

校园里，孩子在朗读

青云街，螺蛳粉飘出浓香

而柳工黄，用高大和钢硬的形象

丰富和多彩柳州的内涵

中渡时光

历史的面孔并不黑暗

流水依然新鲜

五月的阳光

从鹿鸣谷出发

到香桥不老泉、洛江、清江和洛清江

沐浴夏天的心情

鹿鸣谷的梅花鹿

大大小小很单纯

面对迎面而来的客人

大的主动寻食

小的警惕施舍

洞里的灯光柔弱

不忍心唤醒沉睡的九龙

而风已经解冻

赶着绿色四处奔跑

中渡，这座千年古镇

街上没有谩骂

也没有黑影的奸笑

旅途中，只有鸟儿

在解说，流水在表达

青山在默默注视

花儿在无声绽放

历史的足音已经凝结

坚硬在青石板路

好在时代的阳光很鲜丽

中渡的时光

露出意味深长的微笑

爱上柳州

来到柳州，就爱上

螺蛳粉，紫荆花，风雨桥和芦笙

柳州的山是青青的

一曲芦笙悠扬出的爱情

被鸟儿收藏进密林

柳州的水是秀秀的

一碗螺蛳粉溢出的生活

被流水带去远方

来到柳州，就爱上

钢铁，汽车，土地和庄稼

这些意象

在缕缕炊烟的缭绕中

发散淡淡的乡愁

闪烁浓浓的韵味

柳州飘满了桂柳话的温情

笑脸的绽放，和深情的呼唤

活在柳州，就让人淡定，舒坦

让人容易微醺，陶醉和迷恋

在外闯世界的柳州人

被喧嚣和奔波所迷茫

吃也不香，坐也不安

只有转身，回到柳州

鸟才找到巢，花才找到根

心找到了家

云在山腰之上（组诗）

上大容山

阳光亮得厚重

如金黄，一层层饱满

山下，是玉林、贵港

是北流、容县、桂平

山外，是郁江、黔江、西江

过客匆匆

像春夏秋冬，像白天黑夜

山间，有动物与植物

有葳蕤与枯败

有溪水潺潺，鸟语花香

有风光无限

空气越来越新鲜

如翠绿，一层层叠加

云在山腰上，等候

一轮山月，用凉怡的光

牵一尾鱼，从密林出发

乘着夜色，在虫声指引下

去梦的小溪游玩，嬉戏

或者安眠，入梦

莲花瀑布

天将一匹银布

挂在山间

多少眼睛被吸引后

变得清澈

多少颗心被滋润后

有了感动

那天，除了雨没有来

阳光，云雾，绿树

红花和鸟都来了

离开时，秋天的风正凋落

而我用力捂紧的心跳

挂上了山顶的树梢

歌声嘹亮秋色

许多诗情汇聚而来
催熟等待的果实
阳光纷纷鼓掌
掌声盖过三千马蹄

正是山水更衣时
山体多彩，江河减肥
溪水瘦身。有些草木
呈现黄落

朗诵会上，各种方言
绽放山夜的星辰
歌声动了凡心
一曲响亮满山秋色
一曲抚摸溪水低吟

主峰之下有天池

主峰之下，池水
收藏天地秘密
不知有多少过往心事
存放池中，表露涟漪

天很近，云很多

有些云去登高

有些云下山去了

有些云去寻找炊烟

有些云在池里牧鱼

天池四周，绿树挺拔爱意

青草铺展花香

风四处巡游

想打捞清脆蛙鸣

伴奏鸟儿飞翔

一只黄色蝴蝶

如一朵时间玫瑰

在池边打坐

山夜

风将白天的喧闹打扫

天空宽敞了许多

应该是岚

蹑手蹑脚漫向四周

溪水入眠

鸟发出几声寂静

夜光淡定

掩映梦降临

山水相随（组诗）

路过斗米

车到斗米

一片金黄拦住目光

十月的驮娘江岸

有人正忙着向金黄弯腰

许多乡愁

已被江水洗白

晾晒在天空

晾晒在山顶

穿过太多荒芜的田野

路过斗米这个小山村

遇见久违的金黄稻穗

瞬间令人心地辽阔

醉在平用

进入十月之后
思念源头的驮娘江
渐渐消瘦
越发清秀

流到平用村
驮娘江放慢脚步
看一个叫黄佩华的汉子
以时空煮熟许多故事
以岁月鲜活众多文字

坐在村庄最高处
面对清幽流水
我端起一碗月色
将这个夜晚的星光
一江水声，满山敦厚
以及草木清香
一饮而尽
醉了秋风

句町落日

秋风将一枚柿子
向云南方向抛去
如抛去一枚古印
远山昂着头，但
终究没有接住

天边羞红着脸
扯几片云遮挡
鸟儿忍不住笑了
树叶拍起了手
星星出现
悄悄拉上大地的窗帘

站在八达镇山顶
我伸出双手
想从匆匆而过的风中
抓住几缕句町古国的光阴
却发现，只有几许微凉

山水相随

山是土山，呵护着一条江

水是绿水，随着田林至西林的路

驮娘江岸，烟火生旺

古国之远，现实之近

如昨天与今天，今天与明天的关联

古国的风，偶尔

吹过那劳的宫保府

宫保府已面容憔悴

在秋风中默默蹲着

院里的苔藓

陈旧了那段历史

墙体的斑驳

黯淡了昔日荣光

只有山水生机勃勃

为岁月开花结果

为生活奔腾流淌

水里生活着天意

有来来往往的云

不分白天黑夜来游泳

引来两岸草木探头探脑

引起鸟儿的议论

一些枯枝败叶随风而落

被滚滚江水淹没

江水永不停歇
被电站堤坝几次拦截
也拦不住它的脚步
它步履匆匆
把西林历史的秘密
和现实的传奇
送往大海
也送给沿途的风景

一条江，一方土
一条路，无数山
市井喧嚣，家长里短
炊烟与炊烟缠绕
话语和话语相伴
生活依山傍水
日子山水相随

八达之夜

黑暗被灯光驱离
陌生被热闹消除
八达，这个桂西小镇

今夜盛满热情

月光在灯光之上
将小镇的轮廓模糊
只为了明朗今晚的气氛
照亮我们的双眼

流水带走秋虫的呓语
笑声引来情感的高潮
我在一汪笑容里
抚平心灵的皱褶

八达之夜洋溢的欢乐
来自黄佩华梁洪韦业宇王海鹏陈富友等
他们是这方水土的主人
我们只是欢乐的过客

写意圣堂山（组诗）

品山

满山疯长的景致

纷至沓来

重叠，浓郁，奇幻

成心眼一片

旺盛的生

连绵高耸的山体

以厚重，呈现云端之下

最深沉的情怀

季节，在茂密的青翠中流转

青翠执着打扮山的形象

鲜活绿意发散的魅力

长居深山的事物

比如溪水，比如雾岚

依山就势，随意变化

而自由的风，常年活跃

快乐的雨，即兴往来

岁月里素面朝天的人们

坚守耕耘土地的理想

在风云变幻中

将山里的世界

过成简单的生活

也只有简单的生活

才配得上如此丰富的山

读雨

从盘王谷开始

雨一路酣畅

蝉，歌唱起来

蛙，欢呼起来

卖雨衣的瑶族妇女说

凉鞋和拖鞋已卖完

古墙满面潮湿

流露久远的故事

满山雾岚

演绎神秘的内涵

守山650年的铁杉树

铁骨柔情，双手如伞

在风雨中敞开情怀

接春色

或者摆摆手

牵出云雾，招来风雨

杜鹃花已经退隐

雨声清亮

叙述花的留言

四处青翠滴落下来

哗啦啦流淌

全身湿透

尘埃消化

看云

云深情，牵扯裤脚

一路相送，至山腰

给每个人，披上一身轻纱

不愿下山

躲进森林

看我们盘山而回

泪如雨下

在金秀县城

在盘王谷

云在夜色里

若隐若现

在我的梦中

微笑

饮风

远远就看见

她从树梢上走过来

迈着起伏的舞步

放牧一群云雾

从那山过这山

又从这山过那峰

时快时慢

时上时下
却不离左右

擦身而过时
摸了摸我的脸
梳了梳我的头发
扯了扯我的衣服
然后，久久地拥抱了我

圣堂山顶
我打开心扉，畅饮
一山风雨
千层青色

而风，吹去我所有的昨天
脚步从此轻盈

寻仙

走过三场雨
穿过九层云
像一只鸟
站立你的肩膀
站在八百里的仙境里

那五色杜鹃花
是打开心窗的密语

我素面朝天，沐浴天雨
雨，淋湿所有的记忆
梦从此透明
灵魂，在淋漓中
喜极而泣

今日，我承接的每一滴雨
都是你的恩赐
我愿意飞翔
用云的轻盈，雾的浓淡
岚的变化，行礼
在你的怀抱里

想用一心的虔诚
和半生的真挚
凝成一个叩拜
过往的困顿和失意
随风而散

心中所寻的

却始终隐在云雾中

此生，只因我今日登临寻访

无数个夏天，都会在我的世界里

不断地茁壮

访杉

铁杉在山顶站立着

从小到大，一直站立着

像王者一样傲视群山

石峰独立，土山连绵

仿佛男人和女人

不离不弃

峡谷之中

流传着神秘的故事

遥远的山外

派风来打探消息

铁杉摇着头，不语

五百年之后

又翻过了一百五十年

铁杉亲历的事情

已经装满六个半世纪

但它始终不语

那天我走近它的身边

和它云中握手

向它倾述心中的崇敬与爱慕

它仍然不说话

只在风中微笑和点头

然后送我一场雨

一山云

柔水轻风

鲜花覆盖冬季

昨日的晚霞

变成了今天的阳光

枯败的心情转入地下

冬季终于被鲜花覆盖

春天以美丽的造型出现

用爱情的语言传递生活

山水的表情没有矫饰

恣意蓬勃命运的颜色

而许多茫然的眼睛

困顿于城市的楼林

只有风懂事

鲜活地走过树叶草尖

等待一块冰来熨平秋天的皱褶

南方的冬天来得晚

秋天相册漫山遍野

把春夏秋季故事折叠成

层次分明的皱褶

蓝天白云照样呈现

阳光依然新鲜

分明就是一种宣示

南方日子没有冬天

但风还是来了

梳理季节的秩序

把温度降下来

让绿水青山先知

其实，在南方

许多诗情画意

已经蓄势待发

等待一块冰

来熨平秋天的皱褶

绿叶被秋风吹皱

风，用芦花为笔
蘸一秋墨
泅出万物色彩
露，以万物着意
挂一秋珠
唤出高低境界
月，以云朵谋篇
写一秋蓝
分出深浅层次

秋分过后
绿叶被风吹皱
而碧空澄澈
清浅入眸
山上满地月影
水里一汪碎银

在云上种一首诗

天空打开一池蔚蓝

让白云游泳

一群白鹭张开翅膀

将风捕捉

流放于青山里

不许干扰白云的仪态

白云在天空绽放浪花

浪花收拢稻谷的香气

收拢走散的乡音

收拢游子的回眸

也收拢我的仰望与寻找

在南方

我用秋雨洗过的心跳

在云上种一首诗

培育一种灵魂的向往

寄托一种情感的慰藉

羊在湖上漫步

常有一群羊

在湖上漫步

有时是一群白羊

在蓝蓝的湖上走

有时是一群黑羊

在灰灰的湖上跑

我常常坐在门槛上

久久抬着头

想看见

爷爷奶奶放牧的羊群

云在天空洗澡

夏日，云在天空洗澡

她用雷声张扬

大张旗鼓地洗

从早上开始

酣畅淋漓地洗

午后，云终于将自己

从乌云洗成白云

化作各种模样

在蓝天上

漫步。过滤时光

直至傍晚

才披上美丽的彩衣

过玻璃桥

果实饱满之后
时光开始疲倦
树叶开始换妆
风开始减肥

凌空而过
山低下头
水收细身
云成了脚印

眼光长大了
心房也长宽了
世界变得好大
影子没有了影子

南方的雪

蔚蓝收走白云的身影
阳光掩藏白雪的羽毛
山，鲜花还在悠闲
水，浪花还在喧哗

一群白鹭
飞翔在翠绿之中
洁白的光
明亮南方的世界

冬至书

你听我说

今天，我们要吃应景的食物

比如汤圆，或者饺子

或者糍粑

要让这些食物串联岁月

滋养渐渐拉长的日子

今天，太阳踢走昨日的阴霾和冷雨

送来温暖、明亮

今天，我们可以去腌制腊肉、腊肠和腊鱼

为越来越近的春天

准备烟火的味道

或者，腌制一缸辣排骨

为来年的生活

储备一份醇厚的浓郁

所以，我告诉你
今天，我们无论如何
都要充满多重的意义
并用致敬的行为
丰富农历的真实内涵

风 铃

他特意在门外边

挂了一串风铃

希望她来撩响

日子一天天过去

寂寞累积

成灰尘和蛛网

路过的风

每次都撩一下

挠心挠肺的声音

令他坐立不安

令他心神不宁

令他茶饭不思

夜深人静，梦中

有叮当声起

恋想随声飞翔

朦胧的世界

弥漫一地月光

琴声唤月

因为一只口琴

月色提前到来

在南方的桂花树停留

迷恋悠长金黄

花香无影

引月华遍地找寻

口琴不言

看星光和你

在遥远眺望

这温柔似水的月

让寂寞多时的口琴

自酿醉意

在风中孤独

看叶子起舞

风细细吹拂口琴
口琴朝着夜空
发出一串声音
呼唤月儿
圆成一团

十月果语（组诗）

团团金子挂在柿树上

这个十月的山河
是晴朗的。阳光
把柿树林的心思
晒成一团团金子
挂在树枝上

这个时候的风很热情
天天来问候这片柿树林
柿子在热情的问候中
一天天长大
一天天饱满，一天天
由青涩变金黄

叶子很识趣

悄悄离开树枝

从高到低，完成

使命的最后舞蹈

让团团金子

在碧蓝天宇下

鲜艳一种美好

寄托一种向往

被太阳宠过的果实

季节将十月越拉越细

河流也渐渐瘦下来

而南方绿色还在丰腴着

淡雅月光仍然风情万种

被太阳宠过的果实

在月光的帮助下

收拾阴晴圆缺的心情

交给秋风去发散

秋风披起落叶的长衫

唤醒守护丰收的鸟儿

在金黄的稻田旁

一起收藏成熟的时光

一滴雨水挂在果上不忍离去

其实是果在依依不舍地挽留

她记住了雨水带来的甜润

雨水是秋天美丽的道别

预告大雁很快飞来

秋风有情，不忍打扰

山雀有意，默默不语

绿叶窃窃私语，看

枯燥和思念漫过山野

一滴雨水不忍离去

慢慢将自己，融入果子

沃柑在果园里交头接耳

冬天越来越近

沃柑果也越来越丰满

秋风像一把梳

梳落一片片叶子

果子和叶子

它们曾经形影不离

相互陪伴

它们彼此亲近

分享彼此的香气

现在秋风日渐无力

蓝天升得更高

偌大的果园里

沃柑果们交头接耳

等待采摘的日子来临

河流穿过家乡的炊烟

河流穿过家乡的炊烟

蛇行而去

时光是一幅山水画

倒映在河水里

河流打开家家户户的呼吸

在四季的流转中

依次出现花鸟虫鱼

依次出现黄青红绿

河流洗去民居的容颜

牛羊用蹄印，重叠山村的日子

风用舞蹈，感动荒野

抒发生活的情趣

雨用瞳孔，阅读历史

收藏光影的奥秘

鸟，杜鹃或者喜鹊

以水声，清亮生命的意义

河流穿过家乡的炊烟

百转千回

走进光阴的记忆

回一趟老家

回一趟老家
目光被天空带走

村庄长满故事
一些故事被丢弃在荒废的校园
一些故事在田里长成野草
一些故事蜷缩在无人居住的屋子里
一些故事沉淀在尘封的米酒缸中
一些故事被风吹散了
散落成坟堆
更多的故事化成水
清清浊浊流入村前的小河

回一趟老家
目光被天空带走
眼泪被土地收留

红薯地

大妹种的红薯地在半山腰

红薯藤肥绿绵长

红薯叶阔大茂盛

周围野草也茂盛

红薯地发出的气味

让空气具有了温情的意味

和劳动的意义

土里的红薯已经长大

收获季节。大妹把红薯藤割起来

分成好几担。嫩叶拿到街上饭店卖

老藤老叶拿回家剁碎煮熟喂猪

土里的红薯只挖取大个的

其余的留在地里

我不解，问为什么不收完
大妹说，要留给
山野里的动物们

水　库

二十世纪六七十年代

几条溪水被捆绑在一起

集中到这里

成了白云的镜子

成了蓝天的栖息地

岸上有白衣少年骑着马

从画册中走来，吹着笛

笛声穿过树林，走上山岗

叩开野花的笑脸

竹子摇曳，青草起舞

有鱼跃出水面，吹了一声口哨

水面始终微笑

矜持着，深沉着

将时光储蓄成久远
有鸟亲吻水面
看见我，笑了一下
飞走了

四季深浅
平静地看着我走过

看见荷花

从田野走进生活

自塘池步入诗歌

春来，借取杜鹃鲜色

月出，讨得丹桂清香

惊艳了青蛙出水叫

迷住了白鹭入塘舞

白天，娉婷映日展娇颜

令城市乡村开门户

黑夜，倩影熏风携萤过

让万户千家不闭窗

微风拂过，万条绿裙轻曳

骤雨敲来，亿颗白珠乱弹

红白黄紫，各自别样的风姿绰约

珍稀寻常，都是一样的清纯曼妙

谁又知

有多长的时光浸染

有多少的故事附着

千瓣莲

一朵千瓣莲花

包有两千片花瓣

如此多的思绪

如此多的心机

是为了传说

还是为了向往

年复一年

日复一日

来了姑娘

走了少年郎

都没采摘她的娇艳

也没带走她的芬芳

荷言荷意（组诗）

荷言

来到荷塘

正是上午

荷叶早已醒来

荷花次第起床

三千亩，何止

三千佳丽，万千宠爱

但佳丽属于时光

宠爱属于这方水土

属于我的

只有满塘荷言

荷香

风喜欢有香气的地方

风喜欢荷花

夏天，我们到达

荷美覃塘景区时

风带着阳光

从远山赶来

为我们摆动荷叶

轻举荷花

也把荷花香气

绵绵送来

各种各样各色的荷花

摇曳在赞美里

呈现在惊叹中

荷花旁边

莲蓬在孕育莲子

泥水里

莲藕在长大

它们，被俗人忽视

而香气，是从莲藕出发

经过莲蓬，到达荷花的
荷香浩大

荷塘

荷塘走到夏季
晒出深深浅浅的叶
竖起大大小小的花
引时光的脚步
来回穿梭流连

七月的视野覆盖荷塘
聚拢青翠的山
做甜甜的梦
引导清澈的水
洗香香的风

阳光在云层上午休
月色还未露头
蜻蜓点水
小鸟乘凉
只有一首情歌
不知疲倦，缭绕荷塘

荷亲

大大小小的吻

墨绿如毯

铺展出三千亩爱意

承接阳光、星月和风雨抚慰

承接四面八方

来来往往的情感倾注

泥水的滋润

孕育一颗颗心

以含苞、绽放的神采

呈现生命的光华

解释时间叶脉的精神

我只是路过

却深陷其中

从此一直挣扎在

亲吻荷花的梦中

荷花

远山的爱意正是葱茏

翠绿浓郁，流淌妩媚的风

正在长大的乳房

挺立在未来的荷叶

绽放的乳房

成生命之花

风姿在现实的荷塘

时间，让许多欲望消弭

也让许多追求成为往事

荷花，用美丽的容颜

纯洁许多欲望

纯净许多追求

也纯净我对荷花的念想

荷居

龙头山和凤凰山遥遥相望

郁江和龙凤河各自流淌

绿色的清凉环绕周围

多彩的斑斓呈现眼前

没有林立的高楼大厦

只有成群的白鹭蜻蜓

打开门的瞬间

三千亩的荷花

带着千千万万的荷叶

蜂拥而来，挤满视野

蓝天上，几朵白云不愿移动

一架飞机慢慢地走

一只风筝悠闲地飘

如同我的脚步

因美丽而迟缓

荷画

四周山水围拢而来

三千亩荷花

成天堂晒在

人间的一幅画

远山的翠绿常年葱郁

近水的清澈保持透亮

远山近水交融

生育和散发新鲜的气息

融洽多姿多彩的荷花

夏天正向秋季交付温度

而满塘荷花仍在不停地

笑盈盈地绽放

变化并丰富着画面及内涵

荷伤

水流着流着就远去了

雨下着下着就消失了

花开着开着就谢了

梦做着做着就醒了

只有荷塘故事

在来来往往的脚步里

重复着。直至冬天

那些枯枝败叶

坚守往事

那些迷人的花魂

在寒风中

等待重生

荷缘

我的笑容

在你的回眸里

你的歌声

在我的思念中

世界犹如太阳和月亮

我在天空

而你在我心上

荷意

荷叶把赞美传给

身边的荷花

荷花送出多姿多彩的美丽

蜻蜓在荷尖

对接四面八方赶来的目光

荷花的美

吸引蓝天白云

吸引风雨雷电

吸引游客和相机、手机的镜头

众声喧哗

有飞机飞过

有白鹭飞起

有山歌唱起

眼前一朵并蒂莲

轻轻点头，仿佛

叫我靠近她们

示意我拉近美的距离

晒太阳的鱼（组诗）

让鱼产生思想

我在西郊校园

头顶圆月细细咀嚼

生活诗意与诗意生活

目送七月的鱼告别六月

听一只青蛙在湖岸咳嗽

天空听从鱼的吩咐

开始收拢百鸟的声音

土地采纳鱼的建议

开始释放千虫的歌唱

星星用美好重修生活

月亮以阴晴圆缺解释日常

云到处呈现风景

让大地上的山水闪烁光芒

湖水微澜
让鱼生产思想
或者让鱼裸足
迈上明月照亮的前途

鱼穿过月光

相思湖的月光
充满七月的阳气
温暖鱼的心房
活跃鱼的思想

月光拨开散淡的云
照亮湖水的道路
指引鱼回家的方向

湖水，让鱼有家可归
鱼穿过月光
月光，使鱼儿的生活
有了温情的品质
和柔媚的内涵

鱼在相思

从民族大道到西乡塘
正是傍晚
酡红的霞已回到远山
有鱼，在相思湖里伸出头
看了看路上的汽车穿梭

一座名校的老门
不知迎进多少莘莘学子
不知送出多少俊杰英才
如今，铁栅栏紧闭
老门，只能默默张望

众多心心念念
自老门鱼贯而出
随晚风纷纷潜入相思湖
成大大小小的鱼
灵动长长短短的传说

月亮露出半边脸
星星闪闪躲躲
鱼在水下开始活跃

湖边鸟儿静下来

与一条鱼交谈

是不是在水里太久了
需要上岸呼吸
是不是想换一种环境
哪怕是致命的

其实在哪里久了
都有压抑感
都想突破
都想换换活法

但我真的不知道
哪里有更好的环境
正像你不知道
上岸之后的遭遇

因此，我只能和你这样说
我能帮你的
只有妥善对待你
并用尊重的礼节
和隆重仪式

让你进入人间烟火

完成你最后的心愿

鱼当道

鱼以尾巴摆游

使水灵动

用潜浮，度量

河流深浅与宽窄

鱼跳跃，以水花传达

两岸的关注，不是固定的

两岸是不安静的

风啊，草啊，树啊

总在窃窃私语

鸟啊，蛇啊，虫啊

也是窜来窜去

河水不停地流啊流

过这座山，下那个滩

哗哗地欢唱，或静静地行走

高潮或低吟

都是有理由的

鱼早就知道这些

但从未向人吐露过

甚至见到人就躲藏

也没有一只鸟

从鱼嘴里打探到任何消息

潜水多年的鱼

应该比人知道更多的秘密

也比人更值得信赖

鱼与黄豆的距离

鱼与黄豆的距离

是遥远的

但一条鱼

与一把黄豆的亲密

只是一顿饭的时间

鱼从河流出发

遭遇网、钓钩

被拉上岸

开始向食品靠近

黄豆告别荒野

脱下外衣

以干净胴体

进入人间

鱼与黄豆

貌似不相干的事物

因为人类生活

走到了一起

成就一道美味

成就一段

短暂的相聚

晒太阳的鱼

一排鱼，在院子里晒太阳

让它们丰满的水

滤干。形象

日益坚韧和挺拔

它们不再潜藏

不再随波逐流

不再四处游荡

不再担心危险

它们目光平静

默默享受阳光

享受新鲜空气

享受烟火味道

晒太阳的鱼

它们的思想

排除水分

日益干净和明亮

突然想到自己

是不是来自何方

到人间，换成现在活法

是不是一条孤独的鱼

无意中走上了岸

小村无雪

拆除瓦屋的村庄
用平顶的楼房
呈现变化的面貌
和村庄的新事

新建的楼房
如一个个站立起来的村民
又像一张张抬头的脸
许多表情无法掩藏
袒露在蓝天白云下
被绿水青山观看
楼层越高
风的造访越多
院子越大
笑声越大

小雪那天

村庄头顶蔚蓝

明媚阳光巡视四方

细致阅读山林、果园、院落

来到江河，扑进水里

与水流谈一场恋爱

我在楼顶上眺望

看见远方青翠

看见近处花朵

它们自洽、知足

自成世界

散放庞大的理想

民族大道的七夕

从九楼望出去

民族大道的车

如来往的雀鸟

流成人间银河

挤迫奔赴的人们

只能在银河两岸

步行。观望

大道上有立交桥

但没有鹊桥

一些人走着走着就散了

一些人走来走去

也走不到一起

更多的人走着走着

就走成了孤单的影子

民族大道上

被搅动的空气

弥漫浮泛的目光

使许多寻觅

模糊许多真实的脚印

民族大道上

哪怕是相向而行

也很难跨越人设的隔离

就算携爱前行

也只能淹没在现实的红尘

好在

心里没有沙漠

杯中有酒

口琴忆

在西津

突然想起一只口琴

琴音流淌

与水流无关

那些被春燕

衔走的青春音符

是否淹没于岁月的江河

而此刻，在西津水库

被夏风吹热的回忆

竟如水流弹奏

果园里鸣叫的清脆

以及轻盈的身影

多么像当年的你啊

被大坝拦阻的光阴柔情

暗流涌动

仿佛大地的众多心绪

覆盖漫山遍野

铺展清脆的琴声

我终究按耐不住

吐露了掩藏已久的萌动

不知年轮的砂砾

是否磨去了你的天真

不知生活的月色

是否也吹瘦了你的纯情

我们共同吹过那只口琴

是否还能流出一缕相思

一朵白云降生人间

或许天空太空了
或许人间有烟火
一朵白云降生人间
她用洁白表明态度
她以飞翔展示思想
在人间，承载一种象征
在她的眼里，边界无界
世界是圆润的流畅的
时间和空间中
充满自由和安宁

端午辞（二首）

流水笺

蝉不厌其烦的鸣

夏天深不可测的绿

端午的空气

过滤草木灰水

让凉粽裹成追忆

流水无限包含

历史无所顾忌

天空放牧风雨云霞

江河收藏来往沉浮

凉粽也好，龙舟也罢

都是一剂心灵的安慰

都是一曲灵魂的思念

一个五月回家乡的人

仰着头。立在花山岩画前

放纵想象。那些岩画里的人

那些江河湖海里的鱼

如过往的亲人

排空而至，相拥而泣

凉粽语

一滴灰水

浸透时空

滋润历史

一个凉粽

凝结岁月

聚拢怀念

问不问天

汩罗江都流淌着

任谁如何打捞

都只能是湿漉漉的诗句

都只能是菖蒲和艾草的仪式

《九歌》也好

《离骚》也罢

那是屈子昂起的头颅

与龙舟的号子

喊出风骨

棱角分明的

不是粽子

而是当年的一跃

是水花形成的历史

是一种魂融进一个民族

是今天的星火与吟唱

鲜花指引春天的方向

春风里，我来到花山
进入弄岗，走过太平府
四周有我的旧日历
也挤满时光的樱花
岁月的桃花
和现实的黄风铃

沉稳的青山
默默收藏过往的光阴
平静的江水
过滤若有所思的生活
此起彼伏的鸟鸣中
未来的日子接踵而来
徐徐灌满丰富多彩的世界

而孤独的我

寂寞在百花的欢笑中

松软的文字，无力漂泊

在季节的喧闹里

春天的回忆

被花的色彩掩埋

又被山歌挖出整理

也被细细的雨丝缝愈

春风里

渴望的手指伸向空中的云彩

心中的追求犹如遥远的星辰

辽阔的平淡像太阳和月亮

日复一日地捏着我的鼻梁

看鲜花指引春天的方向

春联点燃新年的光芒

过年的历史
被春联翻阅
春联用传统的资格
审读一年四季
审读岁月

岁月匆匆
牵引村庄的脚步
村庄耕耘地久天长
种日种月种五谷
收风收雨收星星
拿日光烤滋味
用月色酿醇香

春联来到人间

点燃新年的光芒

照亮春天的面孔

让温暖与希望对饮

一碗祈盼，一壶早晚

碰杯现实，使春天

醉出一脸彩虹

家乡过年

每到这个时候
家乡都会给山水放假
给绿树红花休闲
也会给家家户户犒劳

杀年猪，做猪红
摆一席春夏秋冬
将一年的鸡鸣狗吠
炒成一村香气
邀请五谷入席
总结人间烟火
展望日月云彩

这个时候
土地安宁，田野安宁

外出回来的心灵得到安宁

家乡弥漫喜气

映红每个人的脸

平时少言寡语的门户

被欢声笑语充满

每到这个时候

家乡又鲜活过来

家乡又成为真正的家乡

小雪谋划年底的意境

本年渐行渐远

寒意越来越近

自北方动身的雪

迈出小步，开始

谋划年底的意境

南方保持绿色的温情

在季节的推进中

坚守多彩的土地

期望雪白洁净的世界

自然执导风云

气候演绎情节

激情岁月在松树肩头

做短暂停歇

南宁无雪

满城的三角梅

成为最醒目的景象

艳丽所有心情

解开生活的纠结

迎风眺望

到达北帝山顶
风就迎面而来
山顶是风居住的地方
也是云歇脚的地方

风如一把无形的梳子
一遍遍梳理我的身心
也如一把透明的钥匙
打开羁绊身心的无形锁
让灵魂释放蓝天的高远
让双眼舒展大地的辽阔

北帝山上迎风眺望
远方有广袤的风景
远方有更远的远方

而脚下的这座石山
有的是高洁与清气
有的是坚硬与屹立

秋天的期许

夏季远去了，且到秋天

在一株果树下寻找青春

家乡歌坡上，我穿上白村衫就成了王子

放歌给对岸的美美阿妹

山歌滚烫，让阿妹的秀发飘扬风中许久

河流闪耀着柔软的眸光

田野铺满了成熟的果实

那些屋檐，炊烟，鸡鸣，狗吠

随歌声婉转，绕耳绕心

秋天的歌声不怕雨淋

山歌的果树

正需要一颗雨珠

挂在那颗渴望的心上

安顿日出月落的日常

星星的梦境里

阿哥在呼唤一朵彩霞

村庄的宁静中

阿妹在纺织一朵花

只有我还在犹豫

徘徊在城市的桥上

在一个传说里祈祷美好

当年草木

被晚风吹出萋萋挂牵

月色涌动，在高天

徜徉思绪万千

群鸟舒翎，成飘飘长裙

曼舞一河缠绵

深情填满天堑

相思绵延千年

一段神话几多凄婉

多少愁苦泪水涟涟

只为醉了短暂相会的痴恋

深邃夜空，流淌男女俗念

闪烁繁星，拨弄情歌琴弦

今夜，且举杯邀喜鹊

祈祷美好

重现人间

五月回家乡

每天清晨，炊烟

袅娜家乡的生活

宽泛日子的鲜丽

明媚的五月

蝴蝶摇翅生姿

以迷人的容颜

美好精神的向往和爱恋

愉悦一天的心情

暖风挑逗孕育的冲动

许多层次分明的颜色铺展着

茁壮与茂盛，竞相重叠

春季生发的风景

越发放肆的炫耀

山川，河流和彩虹

红花，绿叶与百鸟

成为不可回避的阅历

深深撩拨夏天的眼睛

五月回家乡

鸟鸣一路奔跑

诱惑着视线

蜜蜂在花丛中缭绕

它的飞翔

让山野与乡村的岁月

流溢着甜蜜的芬芳

风牵着春徐徐而来

淡蓝开始巡视大地

阳光开始打扫冬天

风牵着春徐徐而来

岁月布局新季节

时间树叶开始更新

生活草根焕发颜色

日子变成一张张不同的脸

鲜花绽放家家户户的心愿

村庄烟火燃烧着喜气

让风熏染春天脸庞

许多人们离开村庄

去温暖城市楼房

风牵着春徐徐而来

像山在旷野中无尽起伏

如水在浪花里小小停顿

像山歌在心坎中久久回旋

如深情在眼眸里清澈流淌

呼唤新年阳光

岁月煮云

漾成内心的江河

季节把日子养在水里

放牧生活的流淌

放生追求的梦想

也把种种旧的人事和负累

消化，过滤，埋葬

江河有阳光的舞蹈

阳光的舞蹈

是江河最美的律动

妩媚山野

所有的山野

纵情在新年

江河闪亮

江河里的阳光闪亮

新年的阳光多么年轻

江河的浪花

如她的笑容

我深情地呼唤阳光

阳光，像水流清澈

像长年绽放的鲜花

一根火柴

有一根火柴

追寻太阳

把微弱的光亮发散出去

或者，让黑夜抱在怀里

火柴燃烧着

山河在眺望

村庄和树林

在聆听狗吠和虫鸣

风影响火柴的心情

田野掩盖了时间

古老的泥土太厚

火柴的热情

温暖不到它的胸怀

却生动了岁月的希望

和生活的梦想

微弱的火柴

照明了世界的暗角

代表一种意象

丰富一种语言

一根火柴

亦如一种文化情怀

发光在历史与现实的路径上

月在秋（组诗）

养月

广西多山，也多水

山多，月就多

每座山上都举着月

水多，月更多

每滴水里都养着月

月在南方生活着

有时长大，有时变小

有时长胖，有时变瘦

也有的时候

不知躲到哪里去

无影无踪

总有许多夜色

等着月光

总有许多白天

留着月色

总有许多颗心

住着一轮月

广西多山，也多水

广西山水都养着月

月语

池塘里，好像

有月光在说话

推开窗，静静地听

又没有声音

我拿起一块月饼

丢下去，像丢去

青春的夜晚

却在银色的水面上

沉没了，无一点

浪漫的夜曲

无数星星

到池塘里沐浴

池塘到处都是

闪闪的眸光

所有白天的故事

躲到岸上

躲进树林草丛中

所有的喧闹

随鱼儿沉到水底

月夜

一尾鱼，跃起来

将月光打碎

撒向水面

生成星星

一只鸟，蹲在树影里

舀一勺水色

拌着秋风

啜饮心事

一枚果，撑着一片伞

默默饱满

等待一双眸子

踏月来摘取

歌圩歌

仅仅分别一个夜晚

呢嘞

太阳就要再见到白昼

只是分手一个白天

啲呀

月亮就要再约会夜间

水只是云游不久

阿啲呀

天空就会泪流

你刚转身

哝啊

我的灵魂就追随你走

青春离开了

呗哝啊

目光就开始瘦

喜鹊唱

榕树请到阳光

日子明媚起来

河水开始绿

养着风景

天空辽阔，喜鹊看见我

开口唱歌。一缕青云

从屋顶升往高处

大地感到温暖

风愉悦，从草尖舞蹈上树梢

看见阿妹摘下红纱巾

山歌从河面浪浪地过

鱼跃出，心怀春

秧苗正在长高
我从榕树下前往明天
阳光给我穿上新衣
喜鹊一直唱

山歌将春水养肥

三月三一到
太阳就骑上骏马
马蹄声碎，卷起乡音
阳光呼啸，点燃香火

河水生出翅膀
带着绿色飞上两岸
云经常结伴而来
在山顶、山腰逗留

日子排着队
领取时间的花朵
看阴晴风雨，演绎万紫千红
听山歌，将春水养肥

而老宅在山根
后山高大
草木茁壮
屋檐下，生产歌声

给春天洗脸

一场大雨

从燕子的眼里飘下来

春天的音乐，从翅膀飞出

抵达草木的惊喜

燕子飞翔

看见山羊穿着黑色的衣服

走进绿地

看见流水推动河流

迎接未来

看见时间切换颜色

掩埋过去

雨哗哗地下着

洗去山峰的苍白

洗掉莽原的尘垢
洗涤寒冷与灰蒙
洗去压抑与封闭

春天的脸
在燕子的欢叫里
在大雨的抒情中
焕发出
清新，洁净和亮丽

春 耕

冬眠的犁铧

在惊蛰的呼唤中醒过来

犁铧顺着春天

翻出新一年的农事

新一年的农事

厚如土地

时光刚刚打开窗口

等待犁铧深入未来

播种之后

青苗穿过朝阳的眼

回望犁铧

闪光的笑

春意闹

白云从天上来到人间

在青草坡上聚餐

花蕾与鸟儿对话

共同讨论春天的话题

山顶空旷，没有人烟

只有和风细雨播撒绿意

绿意之外，其它自然生成

西南边地，花山岩画开始鲜活

生出春天的筋骨

茁壮一方的生机与安宁

阳光开始突破苍茫

春意在千山万水

闹

立春词

睡眠太久了

春睁开新鲜的眼

伸着腰站立起来

呼出一口气

暖醒冬天的原野

春在苏醒的原野

生嫩芽，生绿叶，生花朵

最后在燕子的帮忙下

生出绿油油的阡陌

和遍地灯火

桃花笑

总是那样的任性

在野地，在村头，在院内

春风一来，就花枝招展

绽放鲜丽的笑

鲜丽的笑

笑红了阿妹的盖头和嫁衣

也红了阿妹母亲的眼和父亲的脸

江南的桃花年年开

年年把光阴折叠

江南的雨水年年来

年年将爱情浇灌

而月亮站在二月的船尾

等待下一个圆满的到来

乡村春联红

春联，贴上老家的门面

鲜艳的红

覆盖了陈年的黯淡

清风徐来

读从古至今的不变民俗

品乡村传统的节日味道

一副春联里

绽放着辞旧迎新的祈福

盛开着风调雨顺的心愿

它以喜庆的内涵

在乡村醒目

牵游子梦萦

引步履回家

春联，用它特有的形式
红了节日的容颜
红了生活的心田

涌水起风

我想看见杜甫的身影

历史深处，会不会

存在一个诗歌的殿堂

栖息着杜甫的声音

他的身影，他的目光

会不会有温热的阳光

安抚他忧患的心房

那不再被现实煎熬的灵魂

在诗歌之外，安宁吗

遥远过往，会不会

存在一个生活的舞台

上演着杜甫的理想

他的追求，他的愿望

会不会有舒扬的旋律

缓和他焦虑的诗章

那不再被时态困扰的梦

在生活之外，甜美吗

草堂的天空，云起了

云一朵一朵覆盖大地

我想看见杜甫的身影

我想知道

孤独中的诗人

藏在云中的诗人

他现在有没有笑容

我想知道

那些风霜雪雨电闪雷鸣

是不是远离了他

是不是没有了

当年的艰难困苦、动荡离乱

让他可以轻松地走出来

让我看见他的身影

我真的想看见啊

飞天的种子
——悼袁隆平

田里的稻谷

集体低下头

稻谷下的青蛙

统一噤声

泥土和水

相拥无言

一粒种子

从泥土里来

今天张开翅膀

飞到白云中去

令仰望和追思

成为大地永远的痛

在春天飞向天宇
——致敬黄婉秋

风带着阳光

检阅百花的芬芳

从宜州到柳州

从柳江到漓江

发芽的歌声

翠绿如春天的颜色

丰富大地的脸庞

刘三姐，一颗山歌的种子

种在八桂大地里

暖开山野的心绪

让生活开花

让日子欢快

让江河流动
让山峦起伏

黄婉秋，一个歌者
在时空中飞翔
带着歌声飞翔
就像云雀一样
在这个春天飞向天宇
到天外传歌的黄婉秋
放歌云端之上
歌声动听天外
治愈辽阔的苍白
使群山仰望
使峻岭鞠躬
使下枧河、柳江和漓江
流淌悲泣

蓝焰闪耀（组诗）

牺牲的消防官兵塑像

浴火之后

你们重生成隐居者

在远离火的地方

静静看时空删除寂寞

姓名、原籍和故事

定格在史册

你们一脸勇毅

挂满坦荡的神气

你们目光深邃

没有一滴后悔的泪水

那天从你们面前走过

听到你们在愉快地交谈

听到了花朵呼唤鸟儿的声音

看到了声音打动江河的波纹

看见波纹推动着秋风

看见秋风去收获金黄的稻穗

像蓝天一样的颜色

你立在南方的绿丛里

拉近鸟鸣的距离

水枪追着火一阵阵地射

消防服拦住风，挡住逼人的热气

浩大秋天压弯金黄的稻穗

但压不弯你的脊梁与耐力

眼前，无数晶莹的水珠

如星星闪烁着欣喜

而你一身像蓝天一样的颜色

又安抚了许多受惊的梦呓

用云梯抬高生活

中午的阳光

穿过高楼与树枝

抵达消防云梯

你站在云梯下

目测天空的高度

像目测生活与理想的距离

云一朵朵飘过

每一朵都很白

衬托你的蓝焰很鲜丽

云梯之上

是你抬高的生活

是你抬高的天宇

人间有你，蓝焰就不会熄灭

就像有鹰，天空就不会死亡

曾经的消防水柜

潺潺的水声早已远去

流浪的风也已消逝

当年铿锵的号声

潜入江河

成时光的鱼

苍茫停摆成历史

一个永隆制造的消防水柜

默默回忆当年的风

曾经的云

静静过滤浇灭的烟火

一部跌宕的消防史

刻有一个消防水柜的履历

水柜的履历

藏有太多的波澜

沉淀太多的涟漪

代言

走进消防大院时

我看见一排庞大的消防车

等待随时出动

高大宽长的车身功能各异

却又作用一致

它们静静地挺立

接受阳光的检阅

旁侧训练用的楼房

消防队员快速架起云梯

并敏捷地爬上去

到达几十米高的楼层

楼层当然没有火灾

也没有水患，更没有其它灾难

但他们每天都反复训练

重复一整套动作

在另一个场地

消防队员有的手握切割机

精准地切割电灯泡

有的开着铲车

精准地撬开玻璃瓶盖

这些操作，都是为了练就

拯救生命时的快速反应和精确度

这时，我看到许多代言

鸟鸣是欢乐的代言

鲜花是幸福的代言

阳光是生活的代言

蓝焰是平安的代言

而消防员是现实与未来的代言

在当下代言生命

一个在危险中收获

并在灾难中鲜活的形象

蝴蝶美丽天空
——致黄文秀

六月的天空装满雨

淋漓南方的山

山中的杧果，以及

破茧而出的蝴蝶

所有的浪花

都在呈现你的名字

花香浓郁，松树肃然起敬

你的笑容，划破夜空

你的离去，天地哭泣

山洪落荒而逃

风传送悲伤的情绪

我要诅咒那个雨夜

暴雨为什么要把溪流写成悲伤

让你雨夜奔赴的目的地

一草一叶结满愁肠

让你倾洒爱意的那片村庄

鲜花也蒙上一层霜

我的眼里斟满米酒

分成三杯，敬你

一杯，泼进你破茧成蝶的溪流

天昏地暗，山河震动

一杯，洒向你任第一书记的百坭村

鸡鸣狗吠，天空低下眼帘

最后一杯，来

一饮抖精神，再谱一曲脱贫乐章

群山肃穆。天坑无语

我的眼里

还有饮不尽的三杯

六月的雨水奔向远方

众多阳光洒向你走过的山川

你是路过人间的天使

一脸笑容，一丝不舍

你虽然在那个雨夜没有到达

但你的心到达，你的爱到达

你走过的山川，正襟危坐

默默见证暖风

是怎样吹开了脱贫户的笑脸

窄窄的溪流，承载不了心中的大爱

你在雨夜破茧而出，天空因此而美丽

魂兮归来，请看我为你写一首诗

你的笑容，在我的诗里明亮

如同金黄的杧果吐露芳香

六月的太阳温暖诗歌的心房

温热的光束，如何抵达你不灭的笑意

诗歌无力，但能听到脉搏与心跳

六月的山歌飘过右江

来不及披上婚纱的你

穿着蝴蝶的彩衣

嫁给壮乡

青春，定格在三十岁

从此，永恒灿烂于

春夏和秋冬

清风与朝阳

附记

黄文秀同志生前是广西壮族自治区百色市委宣传部干部。2016年硕士研究生毕业后，黄文秀同志自愿回到百色革命老区工作，主动请缨到贫困村担任驻村第一书记。她时刻牢记党的嘱托，赓续传承红色传统，立下脱贫攻坚任务"不获全胜、决不收兵"的铿锵誓言。她自觉践行党的宗旨，始终把群众的安危冷暖装在心间，推动实施百坭村村屯亮化、道路硬化和蓄水池修建等工程项目，带领群众发展多种产业，为村民脱贫致富倾注了全部心血和汗水。2019年6月17日凌晨，黄文秀同志在突发山洪中不幸遇难，献出了年仅30岁的宝贵生命。黄文秀同志被追授"全国三八红旗手""全国脱贫攻坚模范""时代楷模"等称号。

习近平总书记对黄文秀同志先进事迹作出重要指示指出，黄文秀同志不幸遇难，令人痛惜，向她的家人表示亲切慰问。习近平总书记强调，黄文秀同志研究生毕业后，放弃大城市的工作机会，毅然回到家乡，在脱贫攻坚第一线倾情投入、奉献自我，用美好青春诠释了共产党人的初心使命，谱写了新时代的青春之歌。广大党员干部和青年同志要以黄文秀同志为榜样，不忘初心、牢记使命，勇于担当、甘于奉献，在新时代的长征路上做出新的更大贡献。

（2019.7.3）

彩霞升上天空
——悼梁小霞

横县的茉莉花正在绽放

香气直上苍穹

你选择夏天

返回天空

带着樱花的美丽

带着长江的奔涌

逆行的风景

装进28岁的心胸

青春的壮举

书写在荆楚大地

奉献的精神

留给八桂旋律

你就是彩霞

壮美西南广西

绚丽邕城南宁

丰富人间天宇

你是彩霞升上天空

太阳因此更加鲜艳

月亮因此更加妩媚

星星因此更加耀眼

我欠春天一首歌

每到春天

江南便从唐诗里走出来

用苏小小的手

捉桑叶上的蜻蜓

或者，划船在东湖

采莲，采菱

每到春天

江南便走向宋词的深处

以西施的清唱

拂遍地垂柳的柔风

或者，走过西湖

看绿肥，红瘦

每到春天

江南便随燕子飞来

以杏花春雨的方式

晕染内心的风景

或者，站立枝头

唱一曲悠扬委婉的歌

但今年的春天

江南只能自我封闭

以足不出户的无奈

看天空垂泪

或者，听雷吼下冰雹

阴冷大地的呼吸

今年的春天

江南被困在黄鹤楼

看珞珈山的樱花瑟瑟发抖

我在春天的江南

眺望长江

酝酿一首开怀的歌

这首歌，将带着木棉花的红火

飞越荆楚，传扬华夏

清明至

天空灰蒙，雨雾徘徊

思念从树上一叶叶递出

山坡上　水岸边

人们除草培土　燃香酹酒

他们神态庄重

将心底的话掏出来

放在土地上

并把愿望和希望

寄托给一座山　一江水

暮春的山水

潮湿了人们的眼

回家的时候

人们心里装着

许多过往的岁月

和隐形的祖先们

还有许多对未来的憧憬

一座山的清明

山从远方来

到此昂头，眺望

早上的雨走向天际

十点钟的悲声

被山河收藏

一面旗帜，徐徐降下一半

天地感动

春天正准备告别

有风走上山顶

四周绿色默默等待着

此起彼伏的鞭炮声

传达思念和祭祀的主题

山脚下的村落

静静地仰望

鸡鸣和狗吠

提醒时空

保持肃穆

在南方，一座山

敞开心扉

聆听心语

一朵樱花坠落水面

一只鹰飞过一片云
星星还没睁开眼
流风加快速度
带走许多光阴

樱花林里
集结了很多愿望
它们娴静地站立枝头
等待春天检阅

但春天迟迟不出门
一朵樱花被冰雹袭击
轰然坠落
湖面用冠状水花
拥抱了它

挺住，河南

一

暴雨如注，倾千年之恶

淹没城市、村庄

摧毁堤坝、桥梁

摧毁房屋、道路

卷走稻穗、果实

浑浊中原大地

泛滥悲伤

一时间，生命在汪洋中沉浮

灵魂于洪水里哭泣

一道闪电

照亮许许多多的雄姿

他们用自己的肩膀

扛起生命的希望

二

洪水使郑州
弥漫灾难的泪水

你没有倒下
是雨在倒下

郑州不是雨
郑州是雨泼洒的城市

你不是苦难
你是苦难磨炼的生命

因此，我看见
雨一阵阵袭来
一阵阵倒下
而你的身姿
在洪水中挺立

三

洪水，铺天盖地的

浑浊。我以我的心灵

清澈那片汪洋

清澈汪洋中的生命

还有希望

以及闪光的人性

愿我心灵发出的呐喊

能刺破天空的迷蒙

能炸出强烈的光芒

继续给父亲买烟

父亲的爱好不多

一直保持着的是抽烟

多年前，病危入院

医生嘱咐不能再抽烟了

出院后，烟瘾继续

便偷偷摸摸地躲着抽

生怕被子女批评

弟妹们也向我说

要我管管

我认真地问了父亲

是不是很想抽烟

他说抽了几十年了

戒不了了

我说好，您实在想抽就抽

但尽可能地减少抽的量

父亲满脸欢喜
之后，我每次回去
都会给他买上一条好烟

如今父亲越来越老
我心里只有一个愿望
就是希望我能继续买烟
父亲能继续地抽烟

望着山路我泪流满面

风走进三月

像熟悉的身影

走进眼帘

她轻轻地走过山路

像无声飞翔的鸟

飞到村头的枫树

那些山路，母亲反复走过

在草坡上，在树林里

有母亲割草、砍柴的脚印

那些枫树，母亲年年去摘枫叶

拿回家染五色糯米饭

树上，挂着母亲的歌声

树下，叠着母亲的笑语

不识字、会唱山歌的母亲

勤俭善良、生活艰苦的母亲

生育九个儿女、笑容满面的母亲

被病魔击倒的母亲

如今，已走进大山的深处

再也听不到母亲的歌声

再也看不到母亲采枫叶

只有风，轻柔如她的气息

将我轻轻拥抱

在厚厚的土地上

三月的风轻轻走着

如母亲的身影

走过眼前

令我，站在枫树下

望着山路

泪流满面

母亲回来

夏天了，我的母亲
带着山野的气息回来

正午，阳光直接
刺进我的皮肤
梦中的母亲，光束一样
出现在我的眼前

已经两年了。母亲的远行
让我深深地懊悔
回不去的是过往
追不来的是逝去

母亲回来只做三件事
在梦中看着我
露出慈祥的笑容
依依不舍

大雨是不是母亲的泪水

2018年7月，把母亲安葬后
已酷热高温多日的天空
突然乌云密布，雷雨交加
足足下了半个小时后
才雷息雨停，云开晴出

自那之后
每年三月三
我们去扫墓
都会下一场大雨
也都半个小时后方停

母亲不识字
一生辛劳
生育九个孩子

不管日子过得多艰难
总是用笑容面对每个孩子

晚年体弱多病
一度失语，仍以笑容对人
极少见到母亲流泪
或者母亲流泪
从不示人

不知是不是集了一辈子的泪
化成了雨水
这几年，母亲隐在天空
看着她的子孙们
痛痛快快地哭了

今天是母亲节
南宁阳光温和
在南湖北岸北二里
我的心里
无声地下了一场大雨

阳光照在山坡上

阳光伸直温热的手

抚摸千山万水

天空用湛蓝

浇灌五月的梦想

风开始铺展蛙声、鸟鸣及蝉唱

铺展生命的情调

浅浅的白云

以自然的朴质

演绎天边的旷远和飘逸

在家乡一座山坡上

母亲的坟堆立在草木间

仿佛一团生命的颜色

凝聚母亲一生的光阴和辛劳

以及子子孙孙绵延的思念

坟前的烟火

跳动无言的舞蹈

环围的草木

摇曳怀想的忧伤

远处的明江，泛起

清凉的水花

沿着血脉的通道

涌向我的眼眸

照在山坡上的阳光

把青草与树木的气息

分给夏天

也分给母亲

今日冬至

淡蓝辽阔至无垠
天空空空，只有
一盏日光灯和半个云饼
挂在上面

北方遥远，冰冻遥远
饺子遥远。甚至南方的
水糍粑，也遥远
今日南宁气温10-17℃

我突然想起
山岗上
已两年多的母亲的坟茔
那里不遮风不挡雨

壬寅腊八

寒风为所有人穿上冬衣

阳光为冬衣解开扣子

季节的云被蓝天收藏

岁月的风被山河稀释

壬寅年的腊八

人们陆续走出"阳"的阴影

新年将至，壬寅腊八

打开人们压抑三年的心扉

用一些形式

表达许多内容

比如以酒代替高贵的太阳

比如用烟思念淡淡的乡愁

又比如用一弯新月

表达失落的爱恋

或者以一场酣畅的醺醉

埋葬所有的过往

这样的日子

让人扬起希望的睫毛

寻找未来的光芒

光芒覆盖眼前的苟且

照亮诗和远方，让藏匿在

柴米油盐里的人们

纷纷走出家门

壬寅腊八

我看到逝去光阴的背影

在渐渐消失

我看见流年风雨的酸楚

在无影消遁

我也看到

被疫情压抑三年的生机

正在复活

被天灾凋零的心花

重新盛开

壬寅腊八
一个承上启下的日子
一个承前启后的日子
让人间有了爬坡过坎后的轻松
让人们有了春暖花开前的愉悦

春雨洗着春雨

病毒的幽灵鬼鬼祟祟

阴冷的日子苦脸愁眉

而春天的脚步

从四面八方汇聚而来

磅礴力量挥舞斩魔的利剑

迎接必将到来的明媚

从德保，到百色

春天的意象已形成

起伏的山，在换新装

奔流的河，已动声响

千姿百态中

新芽已吐露芬芳

历史的风云

经过百年过滤

已化作春泥

落户乡间田野

引草木葳蕤

招花红柳绿

唤蝶舞莺啼

新时代的冲锋号

响彻云霄

致富小康的成果

挂满新楼房的房檐屋角

乡村振兴的大道

来来往往拉动着欢笑

共同富裕的行为浓墨重彩

描绘幸福生活的面貌

这个春天

春雨洗着春雨

山抬举着山

水推动着水

我们，微笑面对微笑

与一群鸟聊天

芒种后的天好蓝

放牧着纯净的梦

也放牧着我被晒的身影

一群鸟的欢叫使我愉悦

停下来，坐在

榕树下的鸟群旁边

鸟儿们正热烈地讨论

没有哪一只飞走

只是看了看我

我先是不吭声

然后自言自语

说了大象北上

说了广州疫情

说了工作的压力

说了生活的困惑

也说了内心的喜悦

然后我告诉鸟儿们

我好羡慕你们

你们可以飞翔

可以自由自在

可以无忧无虑

树叶被感动了

轻轻地点着头

蝉也有同感了

一片应和声

我自顾自地说着

看见鸟群停止了议论

都看着我，我感觉

面前的鸟儿们

听懂我的话了

有了共鸣

但我们都没有再出声

不想打破

这个上午短暂的和谐宁静

上午的榕树下

我和鸟儿们互相对视

在熙熙攘攘的马路边上

我们静静地相看

不受车来人往的干扰

无感夏日的热气

好像忘了彼此的不同类

也好像忘了该飞的飞

该走的走

直至我站起身

向鸟儿们摆摆手

它们才飞上树枝

新年帖

疫情中打坐的石头

在新年的鞭炮声中醒来

阳光如约而至

与春天发生关系

许多美好的愿望

从心底走出

到达寄托的彼岸

生长深深浅浅的绿色

往时寂寞的村庄

喧闹起来

炊烟肥厚。荒废的田园

草色若有若无

小年辞

灶王爷收拾行囊

乘着缕缕香烟

升空而上

庚子人间，诸多苦难

众多百姓，栖栖遑遑

有石头打坐不语

也有唢呐呜咽，流水念经

如今时间流转，天仪再始

祈愿花开如常，枝繁叶茂

阳光浩大，春潮磅礴

烟火旺盛

冯子材旧居记

69级台阶

通上180多年的古宅

古宅嵌在现实的山腰

而历史，藏在古宅里

天井接纳了太多的岁月

排空了过往的喧闹

只留下零星的苔痕

看守故事

故事漫长

如门外的山连绵不绝

情节曲折

似山脚的溪流百转千回

最精彩的情节

是那年一个孤儿的到来

最闪亮的故事

是那个孤儿的走出

从这座古宅走出去的冯子材

在中国近代史上

写下浓重一笔

惊天地泣鬼神

2019年6月16日下午

我在这座古宅缅怀冯子材

雷雨如约而至

大车坪

在新祥村，我想脱下一身皮囊
交给大车坪洗涤
我带着它行走半生
已风尘斑驳

溪边，冯氏兄弟举起杯
盛着绿树红花的芳香
山上，狮子头盖着云
藏着夏季茁壮的青翠

透过雨帘，无言的鸟儿
上下远近的飞跃
犹如灵魂
生动着这片深山

大年传

　　——题记：黄大年，男，广西南宁市人，1958 年 8 月 28 日出生，中共党员，著名地球物理学家。生前担任吉林大学新兴交叉学科学部学部长，地球探测科学与技术学院教授、博士生导师。2017 年 1 月 8 日 13 时 38 分，因病医治无效在长春与世长辞，年仅 58 岁。2017 年 5 月 25 日，中共中央总书记、国家主席、中央军委主席习近平对黄大年同志先进事迹作出重要指示。2017 年 5 月 26 日中央宣传部追授黄大年同志"时代楷模"称号。2017 年 7 月 23 日，中共中央追授黄大年同志"全国优秀共产党员"称号。

序章

　　吉林冬天冷飕飕，丙申腊月雪泪流。

　　南宁汉子黄大年，与世长辞抱憾走。

　　心有大我无私欲，至诚报国志未酬。

　　教书育人洒心血，敢为人先拓荒牛。

淡泊名利钻科研，甘于奉献写春秋。

国外不作终生地，祖国才能把根留。

振兴中华我辈责，实现梦想在神州。

苟利国家生死以，"时代楷模"竖身后。

全国优秀好党员，光荣称号传千秋。

第一章

广西首府南宁市，建政路边有院子。

一九五八那一年，大年出生在于此。

父母从事地矿业，工作迁移经常时。

从小随家多流动，就学多地能坚持。

高中毕业就工作，地质物探实践知。

英雄情结心中有，为国贡献早立志。

"两弹元勋"邓稼先，当作偶像崇拜之。

中国脊梁堪敬仰，榜样树立明价值。

七七那年去高考，高分上榜学地质。

聪明刻苦不虚度，勤奋学习好成绩。

"三好学生"连年获，标兵表现奖四时。

毕业留校当教师，教书育人传知识。

出国留英再学习，攻读博士再求知。

争分夺秒学先进，如饥似渴科研实。

成绩第一获学位，优秀学生好品质。

博士毕业回母校，学成归来心赤子。

国外同行技术精，尖端研究如冲刺。

次年再赴英国家，参与冲刺为桑梓。

一晃就是十几年，他乡暂做成家室。

事业有成技在身，收入优渥丰物质。

家庭幸福人和美，生活安逸甚舒适。

"梁园虽好非久恋"，思念家乡日与时。

"你是有祖国的人"，父母临终训言示。

心有熔岩渴爆发，胸怀光热望奔驰。

第二章

海外漂泊十八年，祖国心中常惦念。

"千人计划"在召唤，报效祖国在眼前。

机遇到来不犹豫，果断回国不流连。

宁静剑桥难挽留，柔波康河难扯牵。

游子需要回故土，祖国需要黄大年。

人多叶落方归根，大年心中有主见：

高端科技好人才，发挥价值看节点，

果实累累成熟时，回国报效最关键；

爱国不是空言谈，助力国家走向前，

经验技术和想法，送给祖国做奉献。

妻子卖掉两诊所，失声痛哭泪涟涟：

毕竟梦想成现实，苦心经营已多年；

多年心血成结晶，一朝舍弃情感牵；

现实虽好系一家，未来回归家国连；

能回祖国心头喜，百感交集涌泪眼。

已是年底时间紧，大年归心已似箭。

灯火通明平安夜，长春大雪迎大年。

六天之后即签约，马上工作不拖延。

首席领军负重任，带头冲刺"高精尖"；

国家战略新项目，交给大年来科研；

"地球之门"需叩响，深部探测做试验。

西方禁运和封锁，难不倒咱黄大年：

专业精深探幽微，深邃眼光穿九天；

"航空重力梯度仪"，CT地球"透视眼"；

交叉融合寻突破，科技创新勇向前。

第三章

科研教学两不误，培养人才心血出。

担任"名师班主任"，先进理念不含糊；

学生手上无电脑，信息时代不相符；

关心学生从细节，每人一台自费付。

学生都是块璞玉，精心雕琢费心铸。

因材施教讲方法，区别对待用心苦。

鼓励学生走出去，学成归来做服务；

出去一定要出息，出息报国不含糊。

办公桌旁两张椅，两台电脑准备住；

学生来了坐身旁，一人一台用清楚；

讨论解答加引导，释疑解惑语连珠。

简单装修杂物间，开辟成为"茶思屋"；

学生来此开"脑洞"，"造梦空间"是此处。

领军科研结硕果，国际领先最突出。

非常前沿的课题，赶超西方不耽误；

五年时间敢创新，"深地时代"勇进入；

震惊地球物理界，交口称赞皆叹服。

大年惜时不惜命，时间皆往工作扑；

长年累月超负荷，废寝忘食高强度；

呕心沥血思报国，家庭亲人忘照顾；

积劳成疾常晕倒，醒后保密不传出；

嘱咐电脑交国家，资料珍贵要保护。

胆管癌病害大年，手术台上难闭目；

忠魂不散上天堂，凝成星星挂天幕。

四海同仁扼腕叹，满园桃李呜咽哭；

大海茫茫波涛怒，高天苍苍风云乌。

造化何故多弄人，为何来把英才妒？

尾声

人生自古谁无死，留取丹心照汗青。

大年一生虽有憾，坦诚心胸赤子情。

吾辈自当学大年，报效祖国为毕生：

从我做起扎实干，贡献点滴累积成；
本职岗位认真做，敬业精神常支撑；
报国之志常怀有，爱国情怀伴永生；
高尚情操平时练，追求理想在征程；
平凡人生非凡过，长空雁过要留声。

振高歌

题记：莫振高，1957年出生，男，壮族，广西都安瑶族自治县高级中学原校长，全国先进工作者，全国教书育人楷模，《感动中国》2015年度人物。他连续30多年用微薄的工资资助近300名贫困生，助他们进入大学；先后筹集3000多万元善款，资助1.8万名贫困生圆了大学梦。2015年3月9日因病逝世。

序章

澄江两岸雨潇潇，乙未春天哭振高。

都安瑶族自治县，高中校长莫振高。

全国先进工作者，教书育人楷模好。

化作光明烛映照，感动中国作号召。

第一章

神州西南有广西，地灵人杰景秀丽。

河池有个都安县，石山王国堪称奇。

历史悠久万五年，石器时代人生息。
自然条件多恶劣，重教传统不断续。

大石山区有瑶乡，振高出生在此壤。
石山土地多贫瘠，生活艰辛常断粮。
九岁那年母去世，一家日子雪加霜。
穷人孩子活力强，艰苦环境能生长。

振高读书到初中，初中毕业家太穷。
家徒四壁皆无物，一贫如洗尽空空。
父亲流泪把话讲，回家种田来务农。
振高含泪将头点，痛苦看父背弯弓。

大嫂名叫黄月爱，多次夜里闻哭声。
看到振高暗哭泣，伤心难受眠不成。
大嫂私下与父商，要让小叔进县城；
要让振高读高中，读书以后有前程。

可读高中振高喜，如中状元笑破涕。
大嫂卖柴筹学费，大嫂卖炭筹伙食。
更加勤奋和刻苦，得来不易倍珍惜。
贫穷不坠青云志，专心致志来学习。

高中毕业选职业，民办教师也愿接。

大学深造不留城，仍回家乡去教学。

撒播知识育新人，课堂就是炼钢铁。

矢志教育在瑶山，坚定信念洒心血。

第二章

既为人师作表率，教书育人同安排。

钻研业务成骨干，科研成果出讲台。

担任校长责任重，主科教学坚持开。

教学管理两手抓，以身作则不懈怠。

校舍漏雨水淋滴，亲自检修去架梯。

学校一时缺教具，绘制挂图不迟疑。

周末徒步回老家，来回山路二十里；

扛来木板做木工，只为学生修桌椅。

基础建设用力抓，改善条件不能差。

原来瓦房四校舍，透风漏雨挤欲垮。

想方设法改建造，破旧校园变新家。

图书馆、科技楼，饭堂宿舍都不差。

爱校如家天天过，长年累月不蹉跎。

清晨六点去巡视，深夜准时来劝说。

把爱融进教育里，感情投入暖心窝。

将心用在学生上，真情付出汇成歌。

爱生如子日日善，一年四季不松散。

雨天广播收衣被，晴日提醒晒床单。

呵护做人要努力，激励成才要登攀。

关心生活细节上，爱护学生到心坎。

严格管理效果成，教学质量稳步升。

全国教育评先进，都安高中榜上名。

先进集体多荣誉，广西示范性高中。

升学率近百分百，清华北大录新生。

第三章

都安贫困早出名，石山无土路崎岖。

无数贫困家庭里，多少子弟待学习。

家长缺粮难度日，遥望校园长叹息。

学生无钱早劳作，心想上学干焦急。

贫困面大负担重，政府扶持显无力。

每年新生上千名，三成因贫要放弃。

多少家长心不甘，四处借贷集资金。

无数学生情不愿，校门徘徊不离去。

振高走遍每个村，走进每家探寒温。

摸清底细心有数，想方设法费精神。

全县多少贫困户，共有学生多少人？

一一记在笔记本，同时也在心里存。

学校经费一部分，每年扶助部分人。

组织师生捐款物，捐来款物计划分。

发动干部找亲朋，多多少少感情真。

呼吁校友献爱心，一起奉献把手伸。

自掏工资来助学，帮得一人是一人。

积少成多年年帮，多年扶助三百人。

三百学生得读书，活力迸发焕青春。

得你资助上大学，深造学习好前程。

寒暑假期"化缘"去，游说企业与个体：

社会力量来助学，捐资助学做善举。

高中校长去"化缘"，误解奚落多非议。

误解奚落一笑过，"乞讨校长"声名起。

坚持"化缘"卅多年，先后筹集三千万。

三千万元皆善款，分分用好才心安。

分分用在扶困上，扶困助学成美谈。

万八学生得资助，圆梦大学上殿堂。

每年新生报到日，振高校门把"摊"摆。

"有困难，就找我"，学生入学妥安排。

"由我振高想办法"，无钱也要进校来。

一个不少不落下，瑶寨儿女笑颜开。

尾声

石山王国都安县，羊年春天泪涟涟。

高中校长莫振高，长年劳累逝当年。

校园全部灯火灭，默哀致敬表思念。

噩耗引起大震动，日内县城无花圈。

送别之日寒雨冷，数千人哭泣无声。

千山草木潸潸泪，万水波涛默默澎。

精神不灭土地赞，脊梁不倒石山撑。

忠魂化作烛映照，熠熠闪亮在天城。

八桂大地百花开，丙申新年喜气来。

"感动中国"人物奖，振高事迹遍传开。

普通人生有作为，平凡生命感人怀。

个人虽小有能量，创造奇迹出精彩！

附记

2015年3月9日，广西都安高中校长莫振高因病离世。莫振高的离去，在当地引起巨大震动。他去世当晚，全校4600名学生自动集体熄灯，为他们心中的好校长默哀。一天之内，整个都安县城的花圈便告售罄。他的学生们，纷纷从全国各地赶来吊唁、守灵、送别。2015年3月15日上午，送别他的数千人队伍绵延数公里。清华大学、华东师范大学，美国哈佛大学、俄亥俄州立大学等国内外知名学府，以各种方式向他致敬。2016年1月19日12点，感动中国2015年度十大人物的投票活动结束，莫振高校长以230万余票入围前十，位列第8名，成为2015年度感动中国人物！如何用诗歌体裁描述这位感动中国人物，便成为我琢磨的事情。有感于时下诗歌写作的私欲化、诗歌作品表达的情绪化、诗歌读者的小众化、诗歌地位的边缘化以及诗歌批评的圈子化，令我在表现形式上颇费思想。最后想到唐诗宋词的通俗化、大众化和普世化，我如醍醐灌顶——豁然开朗。因此，决定回归中国古代诗歌传统，用中国古典诗词的元素和中华传统民歌的形式相结合，来进行创作和表现。由于时间紧，资料有限，缺乏深入采访，加之写得匆忙，所以，尽管努力描述，但显然还没能充分展现出莫振高光辉形象的全貌。以我的理解，叙事诗回避复杂情节，不以故事的曲折离奇取胜，而是寓丰富于单纯；它用诗的形式刻画人物，通过写人叙事来抒发情感，与小说戏剧相比，它的情节一般较为简单。这样想来，好像也勉强过得去。从我本意讲，我当然希望作品能上人口、能入人心，至少要让读者能看得下、读得懂。至于诗歌艺术水平高低，那再说。

创作诗歌多年，一直以讴歌时代、弘扬主旋律、传递正能量为写作自觉。此作也是这种自觉的结果。或许未必令人满意，但毕竟是一种努力和实践。这样说似乎引人发笑，但已习惯了。

是为记。

后 记

  这是我的第五部诗集。之前四部诗集分别是《五色石》《一样的天空》《芬芳飞翔的歌谣》《世纪阳光》。这五部诗集，都是以广西历史文化、人文生活、山川风物等为书写内容，是我以诗歌形式讲好中国故事广西篇具体实践的成果。

  我出生在广西，至今一直生活、工作在广西。广西丰富的民间文学让我打开了文学想象的翅膀，年少时代听父母讲述壮族民间传说、神话故事和吟唱山歌，不仅让我获得关于社会、人生和生活的基本认识，也使我的文学梦想开始萌芽，对文学的兴趣也越来越浓厚，在中学读书时便开始写"五四献诗"之类的文字，被老师拿去贴在学校的墙报上。随着年龄的增长、阅读量的增大、知识的增多，我的文学视野不断得到丰富，文学之心也得到不断滋养。我一直认为，文学是现实生活的反映，也是时代风貌的呈现。一个写作者，必须立足于自己生长、生活、工作的地方，立足于自己熟悉的人和事，这样，才能将时代和社会的发展变迁、人们的思想情感描绘得深情和精彩。因此，业余文学创作多年来，我书写的内容绝大多数是广西的山、广西的水、广西的人、广西的事，尽管未必能写出精彩。

我最初是写诗歌起步的，这与我的公务员身份有关。在行政机关工作，工作时间"五加二""白加黑"是常态，相当长的时间里，我在完成大量的行政事务尤其是行政公文之后，只能用一些零碎的业余时间来写作，以保持我的文学爱好。而这些零碎时间，写小说、写散文、写报告文学等，因其篇幅、体量等客观要求，就显得十分的不够用，但写诗是可以的。因此，自1992年在广西民族出版社出版第一部诗集《五色石》后，我又陆续出版了《一样的天空》《芬芳飞翔的歌谣》《世纪阳光》三部诗集。这四部诗集，《一样的天空》《世纪阳光》分别获得第三届、第七届壮族文学奖，《芬芳飞翔的歌谣》获得第四届广西少数民族文学创作"花山奖"。当然，在这个过程中，也创作并发表了极少的散文、小说作品。《顺水乘风》这部诗集，收入我近些年来创作的部分诗歌作品，绝大部分已经公开发表，其中一些作品获得了一些奖项。

感谢广西作家协会把我列入"广西当代作家丛书"出版作者名单，这让我更加强化了文学归属感。每个人的人生，都会有他（她）的机缘，认识不同的人，经历不同的事。这些人和事，多多少少都会影响着他（她），或大或小成就着他（她）。有那么一句话，大意是：一个写作者如果得到一个组织、两三家报刊或出版社的关心、关注、扶持和培养，那他就很幸运了，他就会得到较好成长。于我而言，也是如此。假如没有许多文学老师们的指导、扶持和帮助，没有一些报刊的培养和鼓励，没有出版社的扶持出版，我大概不会在文学上有所成就。广西作家协会于我来说，不仅是文学创作的组织平台，也是我坚持文学创作的精神动力源之一；这不仅包括协会给予我的关怀、帮助与扶持，也包括众多师友们，他们在我的创作跋涉中，给予了热情的呼唤和鼓劲、助推与喝彩。他们就像一颗颗南国红豆，色泽鲜艳，光彩夺目，照耀和璀璨着我文学情感的苍穹。

一个人的能力是有限的，但其追求可以是无限的。作为一名新时代作家，我唯有进一步加强学习，更加自觉地追求德艺双馨，讲品位、讲格调、讲责任，不断提升职业道德素养，追求"笼天地于形内，挫万物于笔端""观古今于须臾，抚四海于一瞬"。努力打开历史视野，自觉扎根现实脚下，认识过去、把握当下、面向未来，在这块生于斯、长于斯的土地上，接住地气、增加底气、灌注生气，创作出更多更好的作品，为繁荣发展新时代广西文学做出自己微薄的贡献。

黄　鹏

2024 年 3 月写于南宁